KEITAI
SHOUSETSU
BUNKO SINCE 2009

新装版
キミのイタズラに涙する。

cheeery

● STARTS
スターツ出版株式会社

カバーイラスト／春町

『お前らが笑ってることが俺の幸せだから』

　キミはこんなにも優しい人だった。
　そんな彼からのイタズラは温かくて、キレイで、少し甘かった。

　ねぇ、隆平。
　私、隆平に会えて幸せだったよ。
　何度もキミのイタズラに救われて、笑顔が生まれた。
　キミが最後に残したイタズラを……私はずっと、ずっと忘れない。

　大好きだよ。
　今だって、ずっと。
　イタズラはキミを好きだと実感した証。
　隆平、私ね、思うんだ。
　きっと隆平は、人を笑顔にさせる天才なんだって……。

プロローグ 7

第1章　元気を与えてくれるもの
出会い 12
キミとの初めての会話 21
仲よくなることに決めた日 33

第2章　人を傷つけないイタズラ
もう誰も信じない 42
上を向きたい 51
キレイなイタズラ 59

第3章　この気持ちを大切にしたい
卒業式のジンクス 68
告白 75
仲直りのイタズラ 84
イタズラサンタ 97
きっかけ 106
あとで、はもうない 118

第4章　言えるかよ
すべて消えた日 126
ウソ 133
吐き出した日 141

第5章　支えたい

告白の返事	150
初めて聞いた本音	162
副作用	172
彼はいつも笑う	181
隆平の病状	195

第6章　最高の幸せ

自分のためのウソ	204
最期(さいご)の言葉	214

第7章　ありがとう

イヤだ	224
最後のイタズラ	233
キミのイタズラに涙(なみだ)する	242

エピローグ	247

文庫限定　Special Episode*

出会えた幸せ	252
ネクタイにこめた想い	274

あとがき	292

プロローグ

初めて知った。
イタズラは、こんなにも心を温かくするんだと。
初めて知った。
イタズラで、人の心を変えることができるんだと。
キミと出会って知った。
イタズラには、愛があるんだと……。

出会ったのは４月１日。
まだ高校に入学する前の、唯一ウソが許される日だった。
桜の木が並んでいる並木道。
お母さんに買い物を頼まれ、スーパーに向かうためにその道を歩いていると。
「なぁ、俺さっき宇宙人に会ったんだけど」
「え？」
突然、うしろから走ってきた同い年くらいの男の子に言われた言葉がこれだった。
整った顔にパッチリとした目。
背はそんなに高くないけれど、カッコいい人だなって思った。
見つめあう私たちの間をビュンッと風が吹き、咲きたての桜が私たちの間を通りぬけるように散る。
その瞬間、彼は言った。
「ウソだよーん」
ニコッと笑って去っていった彼に、小さく胸が音を立てたのを感じた。

……ヘンな人。
　そう思いながらも、小さく鳴った心臓の音に、これからなにかが始まる予感がした。

第1章
元気を与えてくれるもの

出会い

【沙良side】

　高校1年生、今日は入学式。
　少し生地が硬くてまだ着慣れないブレザーを羽織って、登校した。
　今は堅苦しい入学式が終わって、やっと教室で友達と話せるようになったところ。
「おはよう、梓」
　この子は中学の頃から仲よしの西島梓。
　ふわふわのパーマがお似合いで、とてもスタイルがいい。
　けれど、性格は見た目に合わず……。
「おはよーう！　沙良」
　——バシッ！
　いてて……。
　力もキャラも、いろいろと強い。
　そして私は古田沙良。
　髪形はこの前ショートカットにしたばかりで、気に入っている。
　家にいるよりは、外ではしゃぐ方が好きなタイプだ。
「ワクワクするね！　見てよ、このかわいいブレザー。まだ硬くて体が動かしづらいけどさぁ、そのうちピッタリになってくるんだよ」

楽しそうに言う梓に、私もブレザーを見る。

この学校は制服がとってもかわいいの。

そりゃあ、これだけで決めたわけじゃないけど、実はこの学校を選んだ理由にもなっていたりする。

あとは、このネクタイも。

女子もネクタイの制服がかわいくて、どうしてもこのネクタイをつけたいって思ったんだ。

まぁ、つけるのは正装のときだけでいいんだけど。

かわいいから、私は毎日つけようかなぁ。

これから3年間、これをつけて過ごせるんだ……。

「イケメンいるかなぁ、イケメン！」

自分のネクタイを見つめていると、梓が言った。

「そんなのもう探してるの？」

私はイケメンなんかより、友達できるかなぁ、とかの方が心配なんだけど。

「だって～、高校生といえば恋だよ、恋‼　いい人がいるかどうか見ることは大事なことじゃん。それに、この学校は3年間クラス替えがないらしいから、クラスがめっちゃ重要でしょ‼」

まぁ、たしかにね。

恋だってしたいけど……。

でもまずは、友達がたくさん欲しいかな。

あとは授業に慣れること。

恋はそのあとでいいと思う。

そんなことを考えていると担任の先生が入ってきたた

め、席に着いた。
「担任の島勉だ。よろしく」
　島先生か……。
　40代くらいのマジメそうな先生だった。
　でも優しそう。
「今日はみんなに自己紹介をしてもらう」
　うわあ、さっそく自己紹介か。
　苦手なんだよなあ。
　無難なこと言って早く終わらせよう……。
「じゃあまず初め、相田さんから」
　相田さんと呼ばれた女の子は立ちあがり、自己紹介を始めた。
　スムーズに進んでいく自己紹介を緊張しながら聞いていると、どんどん自分の番が近づいてくる。
　しかし、ある人の番になったとき、そのスムーズさにストップがかかった。
「じゃあ次、田辺満くん」
「はい」
　彼は返事をして立ちあがる。
　すると、周りは一気にざわついた。
　なに……？
　ざわざわと話している声を不思議に思っていると。
「ねぇ、あれって例の田辺くんだよね？」
「お父さんの経営していた会社が借金いっぱい抱えて倒産して、従業員ほとんどリストラしちゃったってやつで

しょ？　それで両親離婚して、父親が出ていっちゃったんだって。私の友達の友達のお父さんもその被害受けたらしくて、本当すごい恨まれてたよ」

　その内容は私の耳にも入ってきた。
「え〜、てか、なんでここ来たの？」
「もっと遠くの高校に行けばウワサもなかったのにね。入学式早々、目立ってんじゃん」

　さらに広がっていく話し声。

　それは当然、田辺くんにも聞こえていて……彼は青ざめた顔をしていた。
「田辺……満です」

　声が震えてる。

　こんな状況で自己紹介をするなんて、これ以上に酷なことはない。

　だからと言って、私がなにかを言ったところで、さらにヒートアップしてしまうかもしれないし。

　どうしよう……。

　私が焦っていると。

　——パッポー、パッポー、パッポー。

　突然、ハトの鳴き声のような電子音がうしろから聞こえてきた。

　なに……!?

　ビックリしてクラスは静まりかえる。

　すると、ひとりの男子が立ちあがった。
「先生〜俺、今日起きられるか心配ですね、この目覚ま

しをセットしたんっすよ。かわいいっしょ？　このハト時計。だけど、鳴き声がかわいすぎて、結局起きられなくて。あわてて出てきたら、まちがえて持ってきちゃいましたー」
　彼のおちゃらけた話し方に、周りはけらけらと笑う。
　だけど私は、口をポカンと開けたまま彼を見ていた。
　あ、あの人……‼
　入学式の前に会ったヘンな人だ‼
　宇宙人に会ったなんて言ってすぐ逃げていったけど、しっかりと顔を覚えている。
「なるほど、塚越くん。キミは一番初めに名前を覚えそうですね」
「光栄っす‼」
　先生の言葉にも、ふざけながら頭を下げてそんなことを言う。
　気がつくと、周りは田辺くんの悪口をやめていた。
「あはは、お前バカだろ〜」
「なんだと」
　そして、彼をからかいはじめた。
　塚越くんという人のおかげで悪いウワサをする声は消えたけれど、田辺くんの自己紹介ができなくなってしまった。
　いや……でも、できるような状態ではないか。
　顔を青くしていた彼はもう席に座っていた。
「次、俺の番なんで、ついでに自己紹介しまーす！」
「ついでかよ〜」
　周りはだいぶ塚越くんのことを気に入ったみたいだ。

なんだか、やっぱりヘンな人……。

彼と話したことはほとんどないけど、どんな性格なのか、なんとなくわかった気がする。

「塚越隆平です。この学校には女子の制服がかわいいから来ました〜」

「やっぱりな〜」

「みんな仲よくしてくれよな!」

彼の自己紹介が終わると、またスムーズに進みはじめた。

そして、私の番も無事に終わり、全員が自己紹介し終えたタイミングでチャイムが鳴った。

「はい、じゃあ10分休憩です〜」

はぁ……。

先生の言葉に深くため息をつく。

塚越くんと田辺くん以外、目立つような人はいなかったな。

とくに、塚越くんの印象は強すぎた。

チラリと彼を盗み見る。

「…………」

入学前に会ったこと、覚えてるかな?

いや、覚えているわけないか。

「なに、塚越隆平、気になるの?」

「うわぁ! ビックリしたなぁ」

梓がうしろから突然声をかけてきたから驚いた。

「まぁ、イケメンっちゃイケメンかもしれないけど、あん

なに自己紹介で目立つようなヤツはどうかね〜?」
「ちょっと、カンちがいしないでよ。そんなんじゃないから!」
　私があわてて言うと、梓は疑うような口調で言った。
「じゃあ、なによ〜」
「いや、ちょっと前に1回、会ったことがあってね」
　本当にちょっとだけど、真正面で見たあの顔は忘れない。
　だって、すごく顔が整っていたから。
　まさか同じ学校で、同じクラスになるなんて思わなかったな。
「ふぅん、そうなんだ」
　さっそく私が気になる人を見つけたんだとカンちがいしたままの梓は、つまんなそうに返事をした。
　そんな話をしていると、うしろからまたイヤな話し声が聞こえてきた。
「田辺くん、浮(う)いてるね〜」
「そりゃあそうでしょ、倒産とかリストラで恨まれてる親の子でしょ?　ぶっちゃけ、かかわりたくないし」
「たしかにー。親がそうなら、きっと子どももロクな人じゃないよね。友達にはなりたくないわ〜」
　その言葉に私は眉(まゆ)をひそめる。
　田辺くんの人間性をまだ知らないのに。
　そうやって周りの環境(かんきょう)だけで人を判断するなんて、本当にひどい。
「イヤね、ああいうこと言う人は」

「うん」
　梓も私と同じ気持ちみたいで、少し怒りながら言った。
　でもやっぱり、田辺くんがクラスに溶けこむのは難しいのかな。
　机に顔を伏せている田辺くんに近づく人は誰もいない。
　私も中学のときにイジメられたことがあるから、痛いほど気持ちがわかる。
『沙良って正義のヒーローぶってるとこあるよね、そーいうとこ、かなりウザいんだけど』
『話しかけないでくんない？』
　一度拒否されたら、もう二度とみんなの輪には入れなくなってしまうんだ。
　自分がイジメられていたことを思い出し、少し悲しい気持ちになっていると、田辺くんにある人が近づいた。
　——パコン！
　あ……。
　塚越くん……？
　近づいた彼は、田辺くんの頭を丸めた本でたたいた。
　なにしてるんだろう？
「塚越じゃん、なに？　ちょっかい出してんの？」
　私の目線を追った梓が言う。
「わかんない……けど」
「あ、田辺、少し笑ってんじゃん」
　たたかれた彼は顔を上げ、なにやら塚越くんと話してから笑顔を見せた。

田辺くん、あんな優しく笑うんだ。
　イヤな人だとは思えないなあ。
　目がはっきりしていて、少しかわいげのある男の子。
「塚越くんって、いい人なのかな？」
　自己紹介のときといい、今といい……もしかして、田辺くんのことを助けてあげたんじゃないかって思うんだ。
　私がそうつぶやくと梓は言った。
「さぁ、ただ単にバカなんじゃん？」
　うーん……。
　たしかに、彼の行動を見ていると、いい人っていうよりは、ただバカなことをやってるのかなって思ったりもするけど。
　それでも、田辺くんが笑顔になったのは事実だから。
　塚越くんは、ちょっといい人だって思う。
　キミのイタズラ。
　今はまだわからないけれど、それはただの偶然じゃなくて、いいイタズラなんだって思いたい。

キミとの初めての会話

　入学式から3日がたち、授業が本格的に始まった。
　まだクラスメイトの名前と顔が一致しない中で、クラス一目立つ塚越くんは相変わらず、いろいろな人にイタズラを仕掛けていた。
「うっわ、かっれぇ！　水、水くれ！　おい塚越、なんだよこれ」
「引っかかったなー‼　これはからし入りシュークリームだ、バーカ」
「楽しそうね、アイツ」
　私がその様子を眺めていると、梓も横目で塚越くんを見ながら言う。
　初日の自己紹介でみんなから注目された塚越くんは、あっという間にクラスの人気者になった。
　人付き合いが得意みたいで、いろいろな人にイタズラを仕掛けては笑っていた。
　なんか、すごいなぁ。
　私なんて、まだ梓としか話してないよ。
　まぁ、その原因は……。
「わ、来たよ、田辺」
「暗ーい」
「当たり前じゃん、父親出てったんだから。暗くもなるでしょ」

「近くに寄るなって言おうぜ」
　……クラスのあまりよくない雰囲気にあるんだけど。
「私、あんなん言う人たちとは仲よくなりたくないわ」
　梓が言う。
　私も同感だって思うけれど、3年間同じクラスなわけだから、ずっとそんな態度を取ってるわけにもいかないよね。
「みんなの雰囲気がよくなってくれないかなぁ……」
　私のつぶやきはチャイムの音によって消され、みんなそれぞれの席に戻っていった。

「$x = 1$となり〜」
　数学の先生の言葉に、しかめっ面でノートをとる。
　高校の勉強は最初はついていけるけど、だんだん難しくなってくるって先輩が言ってた。
　けど私は……。
「やばい、もうわからないよ……」
　黒板に書かれたことをノートに書き写すのが精いっぱいで、先生がなにを言ってるのか理解できなかった。
　かわいい制服に惹かれて、絶対にこの学校に入りたいって思って、必死に勉強した。
　がんばって背伸びしてやっと入れた学校だから、授業が難しいのも覚悟してたけど、留年なんて絶対にイヤだもん。
　なんとしてでも、ついていけるようにならなくちゃ！
　そう意気ごんだとき。
　——コツン。

痛……っ。

なにかが私の頭に直撃した。

目の前にコロコロと転がる消しゴム。

これが頭に当たったんだ。

「やべっ」

その瞬間、うしろから声が聞こえる。

振り返ると、塚越くんが『やっちまった』と言いたげな顔で手を合わせて謝っていた。

また誰かにイタズラしようとしたな。

そんなことを思っていると。

「おい、古田。よそ見とは余裕だな。これを解いてみろ」

先生にそう言われてしまった。

ウソでしょ……。

私、今全然、理解できなかったのに。

仕方なく、とぼとぼ歩き黒板の前に立つと、やっぱり理解のできない数式が並んでいる。

もう、塚越くんのせいだよ……。

先生の方に向き直り、わかりませんと言おうとすると。

——シュッ。

先生と私の間を紙飛行機がふわっとさえぎった。

「……？」

なんだろう、この紙飛行機は。

先生がそれを拾い、みんながいる方を向く。

すると。

「すんませんっ、つい出来がよすぎて、飛ばしちゃいまし

た〜」
　へらへら笑う塚越くんがいた。
「こら！　塚越！　お前はあとで、職員室に来なさい」
「へーい」
　周りはそれにけらけらと笑うけど、先生は怒っていた。
　——キーンコーンカーンコーン。
　そのとき、ちょうどよくチャイムが鳴った。
「もういい、古田は戻りなさい」
　私は問題を解くことなく席に戻された。
　塚越くん、なにもしなかったら先生に怒られることないのに……。
　もしかしてこれも、助けてくれた？
　授業が終わり、昼休みになったけど、私は気になって塚越くんを見ていた。
「塚越、お前はこれから職員室だからな」
「お手やわらかに〜」
　先生は塚越くんの様子にあきれ、怒ることもやめたようだった。
　おもしろい人……。
　そう思っていると。
「古田」
　私は彼に話しかけられた。
「な、なに……？」
　突然、塚越くんが話しかけてきたことに驚いて、言葉をつまらせる。

第1章　元気を与えてくれるもの ≫ 25

「さっきは悪かった。お前に当てるつもりはなかったんだけど、手もとが狂った」
「あ、うん大丈夫。これ、さっきの消しゴムね」
「さんきゅー」
　ニコッと笑う顔はとても無邪気で、少しドキッとしてしまった。
「あの……さ、なんであのとき、紙飛行機を飛ばしたの？」
　もしかして助けてくれたのかなって思ったから、そう聞いたら。
「なんでって、急に飛ばしたくなったから」
　彼はふっと笑って言った。
　イタズラっ子みたいな笑顔。
　この笑顔をどこかで見たことがあると思った。
　そうだ、あのときだ。
『なぁ、俺さっき宇宙人に会ったんだけど』
『ウソだよーん』
　覚えてるかな？
　4月1日のエイプリルフールのこと。
「塚越くん！　私のこと覚えてないかな？　1回、会ったこと……あるんだけど」
　思いきって聞いてみると、塚越くんは私の顔をじーっと見て考えていた。
　でも……。
「わり、覚えてねぇわ」
　その日のことは覚えてなかったみたい。

なんだ……やっぱり適当に声かけてたんだ。
　　ちょっとガッカリ。
「どこで会ったの、俺ら」
「覚えてないならいい」
　　ふいっとそっぽを向いて言うと。
「あ!!」
　　塚越くんは大きな声で叫んだ。
「な、なに!?」
「お前、俺がウソついたヤツじゃん！　4月1日に、覚えてるよ！　お前のうなじキレイだなって、うしろから見て……そんで、お前にウソつくことに決めたんだよ。懐かしいなあ。また会えたな、お前のうなじに」
　　うなじに……!?
　　ヘンなところをほめられて、はずかしくなり顔を赤らめる。
　　だけど、覚えていてくれたことがうれしくて、私はぽそっと言った。
「そんな理由で話しかけたんだ」
「おう、会ってたなんて、すげぇな。しかも同じクラスだろ？　運命だ運命、これからよろしくな、沙良」
　　沙良……!?
　　いきなり名前呼び……!?
　　しかも、運命だなんて簡単に口にして……。
　　塚越くんって、意外とチャライのかな？
　　そんなことを考えていると。

「お前も、俺のこと"隆平"って呼んでいいからな」
　私の肩をポンッとたたいて、教室を出ていってしまった。
　きっと職員室に向かったんだろう。
　塚越くん。
　やっぱり、変わった人……。
「塚越と仲よくなったの？」
「あ、梓……！」
　私と塚越くんのやりとりを聞いていたのか、梓がうしろから声をかけてきた。
「仲よくなったというか……会ったことあるって言ったじゃん？　そのことを言って、そしたら……うん、なんか、いろんな人と仲いいのもわかるなって思った」
「まぁ、誰とでも馴染めちゃう感じはするしね。さっきの紙飛行機もよかったじゃん、助けてもらって」
　梓も助けてくれたって思ったんだ……。
　本人は飛ばしたくなっただけ、なんて言っていたけど、ちがうよね。
「沙良、わからなかったでしょ？　あの問題」
「ごもっともです。梓〜、助けて〜」
　泣きつくように言うと、梓はさっそく私に教えてくれる。
「じゃあ、教えてあげるからテキスト出して」
　お弁当を食べる前に復習。
　やっぱり、できないものをそのままにしておきたくないしね。
　梓はもともと勉強ができる。

この学校に入るときも、毎日必死で勉強！って言っていた私ほど切羽（せっぱ）つまってなかったから、今の段階じゃ全然楽なんだろうな。
　梓に教えてもらいながら今日の数学の問題を解いていると。
　──ガッシャーン！！
　大きな音が前の方から響（ひび）いた。
　なに!?
　ビックリして思わず見ると。
「あ～わりぃ、ぶつかって落としちまった」
　クラスの男子が田辺くんにぶつかり、田辺くんはお弁当箱を落としてしまったみたいだった。
　無残に散らばるお弁当のおかず。
　うつむいて、なにも言わずにそれを拾う田辺くんを、周りは笑っていた。
「ちょっとあれ、ウケる」
「どんくさいのがわりーんだよ」
　ひどい……っ。
　私はまた自分がイジメられていたときのことを思い出した。
　誰も助けてくれない世界は暗すぎてなにも見えない。
　そんな世界で過ごすのはもうイヤだった。
　そんな世界にいる人を、見て見ぬフリするのもイヤだった。
　中学１年の後半、梓に救ってもらわなければ私は……。

田辺くんのもとにすぐに駆けよって一緒にお弁当のおかずを拾うと、あとから梓もやってきた。
「これ、中に入れちゃっていい？」
「いい、手汚れるから」
　勇気がないから、田辺くんにぶつかった相手に強気で言うことはできない。
　けれど、イジメられたことがあるから……。
「手なんて洗えばいいよ」
　その痛みがわかる。
　暗い世界に手を差しのべてあげられる。
　そのとき。
　　──ガラガラ！
「うーすっ、ただいま〜。説教受けてき……」
　塚越くんが教室に入ってきて、田辺くんを見た。
「……満、どうした？」
　満とは、田辺くんの下の名前だ。
　彼は仲よくなった人のことを名前で呼ぶらしい。
「べつに、ただ弁当落としただけ」
　田辺くんは塚越くんの言葉に淡々と答えると、すべて拾い、お弁当箱にしまった。
「あ、じゃあ私……雑巾持ってくるね！」
「いい。迷惑だから。ひとりでやれる」
　そう言って立ちあがると、田辺くんは教室を出ていってしまった。
「沙良、うちらも手、洗いに行こう」

「うん……っ」
　お弁当拾ったの、迷惑だったかな。
　そんなことを考えながら手を洗っていると。
「なぁ、なぁ」
　いつの間についてきたのか、塚越くんが私たちに話しかけてきた。
「今日の弁当、少し分けてくんねぇ？」
「え……？」
「満の。俺がアイツに特製弁当作ってやろうと思ってさ。協力してくれよ」
　そういうことなら、快く協力する。
「私のお弁当のおかず、分けてあげる！」
　やっぱり塚越くんは優しい人だ。
「行こう」
　それがわかってうれしくなった私は、梓を連れてすぐに教室に戻った。
　今日のお弁当は、おかずが２個ずつ入っている。
　ひとつずつ塚越くんが家庭科室から借りてきた保存容器に入れる。
　梓が野菜、塚越くんがご飯をのせると、それは立派なお弁当になった。
「なかなかいいな、こっちのがうまそうだ」
「食べちゃダメだよ、塚越くん」
「食わねぇよ。つか、塚越くんじゃなくて、"隆平"」
「り、隆平……」

男子を名前で呼ぶのは慣れてなくて、ぎこちなく呼ぶと梓が言った。
「で、隆平。早く行ってきなさいよ。昼休み終わるわよ」
　さすが梓。
　私とは反対にはっきりと彼の名を呼び、田辺くんのところに行くのを促した。
　梓と一緒に、私の席から少し先の隆平を見守る。
　机に顔を伏せている田辺くんの目の前に行く隆平。
「おい満、これ俺が作った特製弁当だ。今日は特別なタダDAYだから譲ってやる。ちなみに、アイツらふたりも弁当製造者だ」
　お得意のおふざけを入れながら田辺くんに言うと、田辺くんは顔を上げて言った。
「いらねぇ」
　田辺くんは、近くで見るとかわいい顔をしている。
　だけれど、今みたいに鋭くにらむ目は少し怖い。
　もしかしたら、人を近づけないようにしているのかもしれない。
「んなこと言うなよ。タダなんだから、もらえればラッキーじゃん？　あとはさ、アイツらに礼とか言ったら、喜ぶと思うぜ」
　隆平が私たちを指さす。
　すると、その光景を見ていたクラスの子たちがざわつきはじめた。
「ねぇ、塚越が田辺にお弁当あげてるよ」

「え、なんで？　あんなヤツにあげなくていいのにー。塚越も、なんで田辺にかまうのかわからないよね」
　小さい声ではあるものの、雰囲気を察すればわかってしまうような内容だ。
　ヒソヒソ声で周りがそんな話をしていると。
「いらねぇ、つってんだろ！　迷惑なんだよ！」
　田辺くんは大きな声をあげた。
　教室は一瞬シーンとなって時が止まる。
　すると。
「そ。まぁ、それならそれでいいけど。腹減るぞ？　だから置いとくな」
　隆平はそう言って自分の席に着いた。

仲よくなることに決めた日

「田辺くん……結局お弁当食べなかったね」
　今は梓と一緒に帰宅中。
　なぜか隆平も私たちについてきて、一緒に帰宅している。
「まぁ、そんな簡単に信じられるものじゃないしね、人って」
　梓も遠くを見ながら言った。
　あのクラスの雰囲気だと、田辺くんの目から見たら、私たちだってなにかたくらんでるように見えるのかもしれない。
「隆平は？　仲いいんじゃなかったの？」
「いや、一方的に話しかけてるだけ。最初は受けいれてくれるような気がしたんだけどな。今はなんか近寄ってほしくねぇみたいだ」
　そうなんだ……。
　私は頭を悩ませた。
　田辺くん、どうしたら心を開いてくれるんだろう。
「俺はさ、アイツと仲よくなりてぇんだ。つーか、仲よくなるって決めた。だから、これからも話しかける」
「迷惑って言われるかもしれないわよ」
　梓がそう言うと。
「そんなん知らねぇー」
　隆平は笑って言った。
　イタズラっ子の彼の笑顔はとても明るい。

決めたことを曲げないところは、すごくまぶしかった。
　彼がすぐにクラスで人気者になったのは、ただ元気で人なつっこいからではない。
　自分というものをしっかり持ってるからだ。
「私も決めた、田辺くんと仲よくなりたい！」
　その意志が人に伝染するような影響力を持っている。
「よっし、俺たちはもう仲間だ」
「ちょっと、私を勝手に入れないで」
　梓の冷めたツッコミに、私はくすりと笑いながらうなずいた。
「じゃあ、お前らにこれやるよ」
　そう言って隆平が手渡してくれたものは、袋に包まれたアメだった。
「……？」
「うまいから、今食ってみ？」
「ありがとう！」
　私と梓は手に取るとすぐにそれを開け、口の中に放りこんだ。
　その瞬間、広がる……。
「すっっぱ！」
　ものすごい酸味。
　レモン味なんだけど、それはやたらすっぱくて。
「ふはっ‼　引っかかった～！　それ、罰ゲーム用のアメだから」
　彼は笑いながら私たちを指さす。

「もう‼」
「引っかかる方が悪いんだよーん!」

彼はけらけら笑うと、走って逃げていった。

イタズラっ子。

でもなんか、明るくなれる。

イタズラって不思議だなあ……。

「はぁ、本当すっぱい、このアメ。でも意外だったな」

梓がポツリとつぶやく。

「え?」

「沙良が田辺と友達になりたい、とか言うの。あんた、あんまり男子と話さないし、自分からそういうこと決めたりしないじゃない?」

たしかに……。

自分でなにかを決めてそれを口に出すのは、あのとき以来、初めてだった。

正義のヒーローぶってるって言われて、友達から仲間外れにされてから、自分の思ったことを口に出すことが苦手になってしまった。

男子と話すのは、もともと苦手だったっていうのもあるんだけど。

「なんか影響されたんだよね……よくわからないけど」
「バカのペースにのせられたんじゃない?」

ふっ……っ。

梓、すごい辛口（からくち）!

でも、隆平のペースにのせられたのは事実かも。

「まぁ、いいんじゃない？　田辺がどう思うかわからないけど、悪口言ってるヤツをなにもせず見てるよりかは全然いい」

　私も力強くうなずく。

　すると、梓は笑顔になった。

「ねぇ、なにか食べに行こう。小腹が空いた」

　私も……おなか空いちゃったな。

「行こう！」

　今日分けてあげたおかずが、田辺くんにとって元気になるものだといい。

　たとえ食べてくれなくても、少しでも彼が元気になってくれたら、それでうれしいから。

　私はそう願いながら、梓と駅前のクレープ屋さんに向かった。

　そして次の日。

　今日も田辺くんは学校に来てすぐに顔を机に伏せた。

　もう誰も話しかけるな、とでも言いたげに。

「無理に話しにいくのは迷惑だよね……」

「そうね、たぶん今は行かない方がいいと思う」

　私が少し落ちこんでいると、隆平が教室に入ってきた。

「はよー！」

　みんなにあいさつして自分の席に着く。

　すると、隆平はすぐにカバンを置いて田辺くんに話しかけに行った。

「え」
　話しかけたら迷惑かなって思ってたのに。
「いいんじゃない？　ああいうのできるの隆平くらいだし」
　田辺くんが顔を伏せていても、おかまいなし。
　彼は田辺くんの肩をポンポンたたき、昨日私たちに食べさせたアメを出した。
「なぁ、おもしろいもの持ってきたから、これやるよ」
「…………」
　しかし、田辺くんはなにも答えない。
「なぁ満、聞いてんのか？」
　隆平がそう言ったとき。
「うっせんだよ！」
　彼は声を荒らげてアメを振り払った。
　その瞬間、周りは冷たい空気に包まれる。
　勢いよく立ちあがった田辺くんは、教室を飛び出していってしまった。
　田辺くん……。
「なにあれ、生意気～」
　彼が教室からいなくなると、また周りの悪口が始まる。
「調子のりすぎでしょ。悲劇の主人公、演じちゃってね？」
「うわ～、笑えるわ～」
　ざわざわと騒ぎだす周りからこぼれるのは、全部田辺くんを否定するものばかり。
　それだから……。
　それだから、前を向きたくなくなるんだ。

私は知ってる。
　周りが自分の悪口を言っているとき、自分の世界はまっ暗になるということを。
　闇に包まれて、もう光を見ることさえできなくなるんじゃないかって思うほど絶望することを知っている。
「なぁ、隆平もあんなヤツ気にしない方がいいぜ」
　ひとりの男子が隆平の肩に手を回す。
「つかさ……俺いいこと考えたんだけど。お前も一緒にやらね？」
　ニヤニヤと笑った彼は、楽しそうに話しはじめた。
「田辺が教室戻ってきたら、上からバケツで水落としてやんの。そしたらアイツ、せっかく戻ってきたのにまた外にUターンだぜ。ちょっとベタだけどよ、楽しいイタズラじゃね？」
　そんな男子の言葉に、隆平はポツリと答えた。
「……やんねぇ」
「あ？」
「そんなくだらねぇイタズラはしねぇ」
　力強い隆平の目を見て、ドキリと私の胸が音を立てる。
「くだらねぇって、お前だって、いっつもくだらねぇイタズラしてんだろ」
　ちがうんだ、彼のとキミのとは。
　まったくちがうんだ。
　心の中で思う気持ちは伝わらないけれど、きっと隆平も考えていることは同じだろう。

「人を不幸にさせるイタズラはしたくねぇ。そんなの、なんも楽しくねぇ。見るのもやるのも、つまんなすぎてくだらねぇよ」

　隆平がそう言って男子の手を振り払うと、その彼はキレた。

「は、なんなの、お前？　田辺の肩持つのかよ。変わりもんだな、マジで。なぁ、みんな今日からコイツもハブッてやろうぜ」

　勇気がないから、私はいつも思ったことを心の中で止めてしまう。

　だけど……。

　誰かひとりでも、ちゃんと意思を伝えている人を見れば、自分もちゃんと言わなきゃって勇気が出せるんだ。

　言葉にしてみようと思えるんだ。

「わ、私は……っ！」

　——ドクン。

　みんなが私に注目する。

「ハブるとかしない！　そんなイタズラもしたくない‼　そんなのするなんて本当くだらないよ」

　人を不幸にしかしないイタズラは、なにも楽しくない。

　たとえ、彼のイタズラだってくだらないと言われたとしても……。

『次、俺の番なんで、ついでに自己紹介しまーす！』

『すんませんっ、つい出来がよすぎて、飛ばしちゃいました〜』

それにはちゃんと愛があるから。
　それはきっと、誰かに元気を与えてくれるものだって信じてる。
「私もごめんだわ。それにね、水をかけるのはイタズラって言わない。イジメって言うの」
　梓の鋭い言葉に、その男子は言葉をつまらせる。
　やがてチャイムが鳴って先生が入ってくると、みんなはそれぞれ席に戻りその場はおさまった。
　だけど……。
　その日、田辺くんが教室に戻ってくることはなかった。

第 2 章
人を傷つけないイタズラ

もう誰も信じない

【満side】

　人っていうのは、状況に応じて簡単に変わるものだ。
　笑顔で暮らしていた両親も、親友だったアイツも、好きだった彼女も。
　クラスで笑って過ごした日々も、来年も一緒に行くぞって交わした遊びの約束も全部、消えてなくなった。
　4ヶ月前、父の会社の業績が急激に悪化した。
　会社の社長だった父さんは多額の借金を抱えていたらしく、多くの従業員をリストラした。
　その中には俺の友達の父親も入っていて、ウワサは一気に広まった。
　結局、会社は倒産。父さんも職を失った。
　家からは笑顔が消え、代わりに両親の言い合いが毎日のように聞こえてきた。
　あんなに仲よかったのに、どうしちゃったんだよ。
　たったひとつのことで、どうしてこんなになっちまうんだよ。
　その変化は家の中だけではなかった。
　俺と一緒に学校生活を送っていたヤツは、みんな俺から離れていった。
　友達も。

『あんなヤツと一緒にいられっかよ』
　彼女も。
『無理無理、私がはずかしい思いするじゃん』
　そして、最終的には父さんも。
『すまん、じゃあな満……』
　俺を捨てた。
　遠くの私立に行くこともできず、母さんとふたりで暮らし、まだウワサの残る近くの学校に俺は送り出された。
　学校から帰ってきても母さんはいない。
　俺を学校に行かせるため、毎日遅くまで働いているから。
　それが本当にさびしかった。
　行きたくない学校なんて、行かせてもらわなくていい。
　今は母さんにそばにいてほしかった。
　……たったひとつのことで、父さんの会社が倒産したことで。
「なんで……っ」
　なんで人生はガラリと変わるんだろう。
　幸せだった生活が不幸になって、明るかった世界がまっ暗になっちまう。
　そんな人生に、希望なんて見えるんだろうか。
　……見えねぇよ。
　なにも……今の俺にはなんにも見えねぇ。
　この高校生活もそうなんだって、もう俺が明るい場所に行くのは無理なんだって、入学式の日に悟ってしまってから、希望なんて探すことさえやめてしまった。

ウワサが聞こえる。
　中学を卒業する前に感じた、あの雰囲気と同じ。
　俺を白い目で見て、こそこそとなにかを話したり、近くを通るとさっとよける。
　あの雰囲気とまったく同じだった。
　ああ、そうか。
　俺はもうこれからずっと下を向いて、まっ暗な世界の中で過ごしていくんだ。
　そう思ったときだった。
　——パコン。
　誰かが俺の頭をたたき、顔を上げさせた。
「な、これ知ってるか？」
　突然話しかけてきたのは、自己紹介のときに目覚ましを鳴らしたアイツだった。
「この手紙さ、開けてみろよ」
　そんなことを言って俺に手紙を持たせる。
　俺はコイツがなにを考えているのかわからず、不信感を抱きながら手紙を開けた。
　すると。
　——ボン！
「いてぇ……っ」
　その手紙から勢いよくマスコットが飛び出してきて、俺の鼻に激突した。
「ぷはっ、お前いい反応だな。これさ、手紙式のビックリ箱なんだ、すごくねぇ？」

「……すげぇ」
　すげぇと思ったのは、その手紙の作りではない。
　からかわれたのに、なんだか心が温かくなったからだ。
　コイツは……俺のこと、笑いものにしようと思って話しかけてきたわけじゃないのか？
「これ、お前にやるよ」
「いや、いいよ」
「これ高えんだぞ？　もらっとけって」
「じゃあ……」
　久しぶりに人と話して、俺のまっ暗だった世界に少し光が差しこんだ気がした。
　今までウワサのせいで誰も俺に話しかけようとしなかったのに。
　人目を気にせず俺に話しかけ、イタズラを仕掛けてくる。
　ヘンなヤツだなって思った。
　その日から、アイツはクラスの人気者のくせに、毎日必ず俺のところに来ては話しかけてくるようになった。
　べつに、こんなことされて人を信用するわけでも、うれしいわけでもねぇけど、机にうつむいている時間よりは好きだった。
　しかし、そんなことは長くは続かない。
「つかさ、最近思ったんだけど、塚越さ、田辺と一緒にいるの意味わかんなくね？」
　クラスの他のヤツらから聞こえてきた悪口。
「な。なんで、あんなのといるわけ？　同情？」

ダメなんだ。
　俺はもう、決められた暗い道を進んでいくしかないんだって。
「まぁ、そうだろ。アイツいるとさぁ、田辺にいろいろ仕掛けらんねぇよな」
　そこから抜け出してはいけないんだって気づいてしまった。
「あ、じゃあ隆平に頼もうぜ。お得意のイタズラ」
　もう、光を見つけようとするのはやめにする。
　誰かを信じたりもしない。
　一生ひとりで生きていくことにする。
　それが、その日誓ったことだった。

　——ドン‼
「どけよ、邪魔だよ、バーカ」
　イジメにはもう慣れた。
　中学の頃のように、好きだった友達にされるよりはまだマシだ。
　イジメよりも、裏切りの方がつらくて苦しい。
　それに比べたらずっと楽だった。
「満、お前ケガしてねぇか？」
　ただ、毎日やってくるコイツには正直、胸が痛くなった。
「うっせぇ、さわんなよ」
　厄介払いをして、振り払っても、次の日になると必ず話しかけにやってくる。

俺とかかわると、自分まで悪口言われるって気づいてねぇのか。
「お前さ、俺といると悪口言われんぞ」
　だから、そう言ってやった。
　教えてやったのに。
「だから……？」
　アイツはひと言、そう言った。
「だから、もうかかわんなっつってんだよ」
「意味わかんねぇ、イヤだ。俺の行動は俺が決める」
「それが迷惑なんだよ！」
　少し大きな声を出したら、また周りは俺に注目した。
　もうイヤだ……見られんのも、悪口言われんのも、イヤだ。
　疲れきった俺はすぐに机に顔を伏せた。
　まっ暗だった。

　次の日はワザとぶつかられ、弁当を落とされた。
「あ〜わりぃ、ぶつかって落としちまった」
　今日は弁当が食えないらしい。
　そんなことを考えながら、すぐに散らばったおかずを拾うと、周りはそれを楽しんで見ていた。
「ちょっと、あれウケる」
「どんくさいのがわりーんだよ」
　べつに、いいんだ。
　もう誰も信じないと決めたから。

どん底からはいあがる、なんて言葉があるけれど、結局、そんなことができるのは強い人間だけだ。
　俺はどん底まで落ちてしまったら、一生そこだ。
　もう上にはあがれない。
　べつに、それでいい。
　ボヤけた視界でおかずを拾い、弁当に戻していく。
　この弁当も、べつに母さんが作ってくれたやつじゃない。
　コンビニで買ってきたものだ。
「これ、中に入れちゃっていい？」
　すると、クラスの女子ふたりが話しかけてきた。
「いい、手汚れるから」
　優しくされんのは、好きじゃない。
　むしろ、みじめだって笑われてる方が楽だと思う。
　俺とかかわると、ソイツらが悪く言われる。
　なら、せめて、俺とかかわってもいいことがねぇんだってことを教えてやりたい。
「満、どうした？」
　お前もそうだよ、塚越。
　もう、俺に話しかけんのやめろよ。
　俺は迷惑だと言って、近づいてきたヤツらを突き放した。
　ご飯を食べずに、また机に顔を伏せる。
　本当にまっ暗だ。
　なんも見えねぇ。
　そのくせ、視界がにじむのはわかる。
　ぐっと歯を食いしばって耐えていると、上から声が聞こ

えた。
「おい、満」
　またアイツだ。
「これ俺が作った特製弁当だ。今日は特別なタダDAYだから譲ってやる。ちなみに、アイツらふたりも弁当製造者だ」
　なんでだよ。
　なんで俺に優しくすんだよ。
「いらねぇ」
　頼むから、もうかかわらないでくれよ。
　イヤなんだよ。
「ねぇ、塚越が田辺にお弁当あげてるよ」
「あんなヤツにあげなくていいのにー。塚越も、なんで田辺にかまうのかわからないよね」
　人まで不幸にすんのは。
　イヤなんだよ。
「タダなんだから、もらえればラッキーじゃん？」
　……もう人の温かさを感じるのは。
「いらねぇ、つってんだろ！　迷惑なんだよ！」
　俺は大きな声で言って塚越を振り払った。
　周りは相変わらず、冷めた目で俺を見ていた。
「そ。まぁ、それならそれでいいけど。腹減るぞ？」
　腹なんか減るかよ……っ。
　毎日が急に楽しくなくなって、食べるものでさえ、おいしいと感じなくなった。
「だから置いとくな」

いっそのこと、感情もなくなればいいと思ったのに。
「……っ」
 生きてる限り、それは無理だ。
 人の温かさに、目が熱くなってこみあげてしまう。
 ただ普通に出会えていればよかったのに。
 俺が普通の人だったらよかったのに。

 俺はその日、持って帰ってきた弁当を、自分の部屋で泣きながら食った。
「……うっめぇよ」
 涙をポロポロとこぼしながら。
 みんなから分けられた弁当はいろんな味がして、統一感がなくて、色合いもバラバラだった。
 だけど、その弁当が優しさとして心に入りこむ。
 涙はいまだに止まらない。
 俺は箸を休めることなく食べ続け、すぐに完食した。
「ごちそ……うさまでし、た……」
 なにかを食べて、久しぶりにうまいと感じた。
 誰も聞いていない。
 誰も見ていない。
 直接伝えられもしない感謝の気持ちを、俺はその言葉にこめて口にした。

上を向きたい

　次の日。
　俺は学校に行くとすぐに顔を伏せた。
　もう誰ともかかわらないようにするため。
　話しかけられないようにするために自分を閉ざしていたのに、アイツはまた話しかけてきた。
「なぁ、おもしろいもの持ってきたから、これやるよ」
　昨日あんなにひどいことを言ったのに。
　弁当のお礼だって言ってないのに。
　なんで、いっつも優しくすんだよ。
　優しくされるとまた、人を信じてしまう。
　簡単に裏切る"人"という存在の、本当のよさを思い出してしまう。
「うっせんだよ！」
　俺はそう叫び、アイツの持ってきたものを振り払った。
　コロンと床に落ちるアメ玉。
　俺はそれを無視して立ちあがり、教室から飛び出した。
　廊下に出たところで、行くあてもない。
　そこに立ち止まっていると、教室の中から俺の悪口が聞こえてきた。
　そうなるよな。
　もういいよ、べつに。
　好きなだけ言えばいい。

心を無にして遠くを見つめていると、今度はクラスの男子が塚越にイジメの提案を持ちかけた。
「田辺が教室戻ってきたら、上からバケツで水落としてやんの。ちょっとベタだけどよ、楽しいイタズラじゃね？」
　やればいい。
　べつに塚越とそんな仲よくなったわけじゃねぇし、周りの意見と俺の気持ち、どっちが大事かなんて決まってる。
　それだったら知ったうえで、教室の中入ってやるよ。
　そう考えていたとき、アイツは言った。
「そんなくだらねぇイタズラはしねぇ」
　俺はとっさに、教室のドアに目線を向けた。
「人を不幸にさせるイタズラはしたくねぇ。そんなの、なんも楽しくねぇ。見るのもやるのも、つまんなすぎてくだらねぇよ」
　なんでだよ。
　なんで、そんなこと言うんだよ。
　こみあげてくる気持ちを無視することができない。
　だって、もう決めたんだ。
　誰のことも信じないと。
　もうひとりで生きていく、と。
　それなのに……なんで人はイヤなヤツばっかだって思わせてくれねぇんだよ。
　そんなこと言ったら……。
「なぁ、みんな今日からコイツもハブッてやろうぜ」
　お前が悪く言われるだろ。

第2章 人を傷つけないイタズラ ≫ 53

　お前まで巻きこんじまうじゃねぇか。
　目頭が熱くなる。
　すると、さらに教室からは俺をかばう声が聞こえた。
「ハブるとかしない！　そんなイタズラもしたくない‼　そんなのするなんて本当くだらないよ」
　人は優しくされると涙が出る。
　つらくて苦しいときは出ないのに。
　人に「大丈夫？」って声をかけられた瞬間、あふれだすんだ。
　俺はこぼれそうになる涙をこらえ、走って屋上に逃げた。
　もう感じたくない人の温かさを、本当はどこかで求めてる。
　つらいとき、誰かと一緒にいたい。
　ひとりになりたくない。
「う……っ」
　人に裏切られ傷ついても、やっぱり誰かの優しさが心にしみる。
　だけど、そういう優しい人に迷惑をかけるくらいなら、俺はいっそ……。
　覚悟して屋上の立ち入り禁止のフェンスに手をかけたとき。
「満……？」
　誰かが俺の名前を呼んだ。
　塚越だ。
「お前、もしかして死のうとしてたのか」

俺の雰囲気と行動でわかったんだろう。
「生きてる意味……ないから」
 俺がそう答えると、塚越はまっすぐ俺を見て言った。
「死ぬ覚悟あるなら、全力で楽しいこともできるな」
 最初はコイツがなにを言ってるのか全然わからなかった。
 意味がわからないまま黙っていると、塚越はカバンから突然手持ち花火を取り出した。
 なんでそんなもの持ってんだよ!?
 驚く俺をよそに、塚越は火をつけてやりはじめた。
「お前、バレたら退学になるぞ!」
 焦ってそう言うけど、塚越は全然気にしない。
「死ぬ覚悟があるなら、そんなん気にせず、なんでもできるだろ?」
 いや、俺が言ってるのはお前のことで……。
 そう思いながら、はっと気づく。
 たしかに、このまま死んで終わるんだったら、まず思いっきり楽しいことしてからの方がいい。
「ほら、お前もやれよ」
 俺も塚越に渡された花火を取り、火をつけはじめた。
 まだ明るい青空の下、色とりどりの花火が俺たちの間を彩る。
「やっべ、本当楽しいな、満」
 ああ、本当にコイツは変わったヤツだ。
 クラスのヤツになにを言われても、俺がどんなに突き放

しても、なぜか俺のところに来てイタズラな笑顔を見せる。
「なんで……」
「あ？」
「なんで俺にかかわってくるんだよ……同情？　かわいそうなヤツだって思ってんだろ？　それだったら……俺は……」
　そこまで言うと、塚越はさえぎるように言った。
「お前のこと、かわいそうなヤツなんて思ったことねぇよ。ただ単純に仲よくなりてぇって思った。それじゃダメなのか？」
　せっかく止まっていた涙がまた落ちた。
　花火の火はもう消えていたけど、人に泣くとこ見られるとかダセェから、下を向いて必死に隠していた。
　お互い黙ったまま花火の片づけをして、また俺が下を向いたとき、アイツは突然言った。
「ガム……食うか？」
　小さい声でポツリと言うところは、俺に気を使ってくれてるんだと思った。
　コクリとうなずいて、塚越が差し出すガムに手を伸ばした瞬間。
　──パチン！
「いって！」
　俺の手はなにかに挟まれた。
「ぷ、ははははっ‼　普通に引っかかった」
　塚越の笑い声が響く。

「それ、パッチンガムだから」
　コイツは本当に……イタズラ好きなヤツだ。
「ふはっ、お前、やっぱうぜぇわ」
　俺も一緒に笑った。
　コイツのイタズラは嫌いじゃない。
　ムカつくけど、人を傷つけないイタズラは逆に温かさを感じる。
「お前、笑えんじゃん」
「うっせ、塚越のせいだろ」
「隆平でいいよ」
　やっぱり、今死ぬのはちがう。
　だって俺はまだ、精いっぱい楽しいことしてねぇもんな。
　今日、俺はまっ暗な世界の中から光を見つけた。
　その光を目指して、上を向いて歩くことに決めた。
「そういやさ〜、アイツらも呼んだから」
　アイツら？
「弁当製造者のふたり」
　俺は助けてくれた女子の顔を思い出した。
　古田さんと西島さんだ。
「呼んだ、のかよ」
「おう、すぐ来るって言ってたぜ」
　正直、気まずい。
　あんなこと言ったのに、どんな顔して会えばいいんだよ。
　――ガチャ。
「お待たせ〜」

すると、屋上に古田さんと西島さんが入ってきた。
「田辺くん……！ よかった、ここにいたんだ」
 そう言って笑顔を向けるのは、一目散に弁当を拾ってくれた古田さんだ。
「あんたたちサボるから、どこ行ったんだって先生が騒いでたわよ」
 少し強気な口調で言う西島さんも、俺の弁当を拾って自分の弁当を分けてくれた。
「あのさ……弁当」
 あの弁当に心が少し救われた。
 生きてる意味がないって思ってたのに、そんなことないんだって少しだけ思えた。
「ありがとう、うまかった……」
 俺が頭を下げると、ふたりは笑顔になった。
「いえいえ、食べてくれてよかった。これからよろしくね、満くん」
 満くん……。
 久しぶりにそう呼ばれた気がした。
「隆平がそう呼べって……ダメだった？」
「いや」
「ダメじゃねぇよな？ 満、俺たちの仲だ。コイツが沙良で、こっちが梓な。名前で呼ぶ方が楽だし、そう呼ぼうぜー」
「ちょっと、そんな理由で呼んでたわけ？」
 とっさに、沙良ちゃんが言う。
「え？ バレた？」

「もう！　梓もなんか言ってよ〜」
「バカだからしょうがない」
　俺は３人のやりとりを見ていて噴き出した。
　まだ、全然笑える。
　どん底に落ちても、誰かがいれば引きあげてもらえる。
　それだったら、上を向いて生きていこう。

キレイなイタズラ

　あれから2ヶ月。
　俺たちはあの日からよく一緒にいるようになった。
「満〜、弁当の時間やっと来たぜ〜」
「今日、私の嫌いなニンジン入ってるの。梓、食べて！」
「やーよ、食べなきゃ大きくならないわよ」
　昼休みになると、俺の席に集まって4人でメシを食い、授業と授業の合間には必ず誰か来てくれる。
　だから、俺が机に顔を伏せることもほとんどなくなった。
「キャ!!　虫っ!　取って、お願い隆平っ!!」
「ぷっ、それ俺が仕掛けたおもちゃの虫だから。やっぱ沙良のリアクション、ウケるー」
「ふははっ、沙良ちゃん、おもしれぇな」
　それに、よく笑うようになった。
　周りからは相変わらず白い目で見られたり、悪口を言われたりするが、最近はそれもあまり気にならなくなった。
「ねぇ、満くん、またイジメられたりしてない？」
　沙良ちゃんが聞く。
「うん、大丈夫だよ」
　正直まだ少しあるけれど、今は仲間がいるから。
　この3人と一緒なら大丈夫だって思えてくるんだ。
「それより3人は……俺のせいで……こうなって……」
　最後まで言えず、チラリとみんなを見る。

俺をかばったせいで、クラスの輪から外されてしまった3人には本当に申し訳ない気持ちでいっぱいだ。
　　だけど、みんなは……。
「全然、そんなの気にしないよ」
　　そう言って笑ってくれた。
　　誰かがそばにいてくれること。
　　それだけで自分の気持ちも変わるんだ。
　　会話もなくつまらなかった家が、遊びを計画するワクワクした場所になり、行きたくなかった学校が少しだけ楽しみになった。
　　ずっと考えていた、父さんや友達に捨てられたことを考えなくなった。
　　2ヶ月で人は大きく変われるんだと、お前らに会って知ることができた。
　　本当にありがとう。
「ごちそうさまでした」
「俺、先生に呼ばれてるから、ちょっと職員室行ってくるな」
　　朝、先生に職員室に来るように言われていた俺は、弁当をしまうと立ちあがった。
　　先生が母さんと話したいと言ってたけどなかなか会えないから、そのことだと思うけど……。

「これ、おうちの人に渡してくれ」
　　職員室に向かい、先生に話しかけるとそう言われた。
「わかりました」

第2章　人を傷つけないイタズラ ≫ 61

　俺は用件が済むとすぐに職員室を出て、教室に戻ろうとした。けど……。
「あれ〜、借金抱えて倒産した田辺くんじゃん。お父さんはどこ行ったの？」
　３人の男子が俺の行く手をさえぎった。
「ちょっと一緒に話そうぜ〜」
　そのうちのひとりは同じクラスの小沢で、よく教室でもなにかしらしてくるヤツだった。
　あとのふたりは、ちがうクラスのヤツだ。
「空き教室、行かね？　ストレスたまってんだよね〜」
　肩を組まれ、強引に連れていかれる。
「離せよ！」
　俺はにらんだが、３人もいたため抵抗は無意味だった。
　近くの空き教室に放りこまれ、倒れこむと足を蹴られる。
「はい、悪者退治〜」
「顔はやめといてやるよ〜」
　そう言いながら、小沢と他のふたりは俺を殴ったり、ゴミをぶつけてきたりした。
　──キーンコーンカーンコーン。
　チャイムが鳴ると、アイツらは飽きたのか俺を置いて教室から出ていった。
「殴られんのは痛ぇな……」
　空き教室にひとり仰向けに倒れたまま、そんなことをつぶやく。
　切ない、くやしい。

「父さんの会社が倒産したから、俺は悪者なのか……」
　俺は、なにも悪いことはしていないのに。
　どうして殴られなければいけないんだろう。

　その場から動きたくなくてずっと寝転んでいると、午後の授業はいつの間にか終わっていた。
　重い足取りで空き教室を出たら、隆平に会った。
「おい、お前どこ行ってたんだよ！　……なにかあったのか？」
　隆平は俺の顔を見て察したのか、あわてて聞いてくる。
「いや……べつに」
　気づかれないように、うつむいて教室に戻ろうとした。
「言えよ、満」
　だけど、隆平は普段見せないような真剣な顔で言う。
「……殴られた」
「誰に？」
「いや、べつにいいんだ。俺なんて、世間から見たら悪者だし？」
　隆平がいつも話すような軽い口調で言ったのに、アイツは今日に限っては同じように返してくれなかった。
「お前、なに言ってんの？　悪者ってなに？　お前、なんかしたのかよ」
「してねぇけど……」
「じゃあなんで、そんなこと言うんだよ！　自分のこと、自分で傷つけてどうすんだよ‼　お前はなにもしていな

い！　だったらそれは、お前自身が守ってやらないといけない事実なんじゃねぇの」
　そう……だ。
　俺はなにもしていない。
　誰になにを言われても、それだけは……自分だけは信じてやらないといけないことだった。
「そうだよな、俺なんもしてねぇもん。殴られる意味わかんねぇよ」
「そうだ」
「ムカついてきた」
「それでいい」
　隆平はそう言って笑うと、俺に近づいて小さな声で言った。
「だからさ、仕返ししてやんねぇか？　ソイツらに」
　隆平の目がギラッと光り、真剣だったから、俺は少しとまどった。
「仕返しって、なにすんだよ」
　まさか、同じ目にあわせるとか言うんじゃ。
　でも、隆平に限ってそれは……。
　俺がいろいろと考えていると。
「いいから、ついてこいよ。あのふたりも呼んで仕返しだ」
　ニヤリと笑いながら隆平は教室に戻った。
　みんな帰り仕度(じたく)をしてる中、隆平は心配するふたりに説明をして、俺たちを外に連れ出した。
「ちょっとこれ、本当にやるの？」

「当たり前だろ！　やられたらやり返す。これは当然だ」
「まぁ、私は楽しそうだから大賛成だけど」
　梓は楽しそうに手にあるものを見つめた。
「仕返しって、これ……」
「水鉄砲だ」
　そう、俺たちそれぞれの手の中にあるのは、隆平が持ってきた水鉄砲。
「今日これで遊ぼうと思って持ってきたんだけどよ、ちょうどいい的ができた。満、今日やられたぶん、思いっきりやり返せ！」
「うん……」
　最初はとまどっていたけれど、いざ水を中に入れると楽しくなってきた。
　茂みに隠れ、小沢たち３人が下校するところを狙って待つ。
「おい、アイツら来たぞ。いいか、みんな……かかれ‼」
　俺たちは隆平の声を合図に、３人めがけて水鉄砲を撃った。
　──ピュー‼
「うわ、冷てぇ‼　なんだこれ！」
「おい、ふざけんな‼」
　勢いよく出た水は相手に思いっきり命中する。
「いいぞ、いいぞ、もっと当ててやれ」
「さっきの仕返しだ‼」
　しっかりと３人を狙って撃つと、久々にテンションが上がっていった。

やがて水がなくなり、ビチョビチョになった３人を見ると、笑いがこみあげてきた。
　よっしゃ、やってやったぜ！
「おい、田辺、てめぇナメてんのか？　また殴るぞ‼」
　４人とも水がなくなると、小沢がキレたように言った。
　そして、すごい形相で俺に近づいてくる。
　しかし、それを隆平が止めた。
「おっと、それ以上動くなよ？」
　警察が拳銃を突きつけるマネをしながら、小沢の動きをさえぎる。
「よかったな〜。水じゃあ濡れるだけで全然痛くねぇ。満は殴られたっていうのに優しいよなぁ〜」
「…………」
「そういや、さっきなんか言ったっけ？　ナメてんのか、だって？　……ナメてんのはお前らの方だろ！」
　いつもとちがうドスのきいた声を出す隆平に驚く。
「今度また満のこと殴ったら、これでお前らの心臓ぶち抜くぞ」
　鋭くにらみをきかせる隆平に、相手は完全にビビッていた。
「ちっ」
　舌打ちだけを残して帰っていくヤツら。
「行っちゃったね」
　沙良ちゃんがそう言うまで、俺はほーっと隆平を見ていた。

「だっせぇの」
　本当にすげぇヤツだと思う。
　イジメられたら、イジメで返すことはしない。
　自分なりのイタズラでやり返すなんて、本当にかっけぇヤツだ。
「スッキリしたろ？」
「ああ、最高だったよ！」
　こんなすがすがしい気持ちは初めてだ。
　誰も傷つけることのない、キレイなイタズラ。
　それでもちゃんと仕返しすることができる。
　こんな方法があるんだと初めて知った。
　お前のするイタズラは、終わったあと、とても気持ちがいい。
「最高だな……」
　俺がポツリとつぶやくと、隆平は「だろ？」と言って笑いながら歩きだした。
　隆平って、すげぇヤツだ。
　たぶん、俺が知る中で一番すげぇ。
　今日、俺は初めて誰かを尊敬した。
「今日の隆平……カッコよかったね」
　きっと、その影響は俺だけではないだろう。
　沙良ちゃんは顔を赤らめながら俺の隣にやってきて、隆平の背中を見つめていた。
　それは、普段とはちがう表情で……。

第3章
この気持ちを大切にしたい

卒業式のジンクス

【沙良side】

　春、キミと出会って、少しずつ自分が変わった。
　小さい頃、同じ年の男の子にイタズラされたときも、イジメられていたときに、教科書にイタズラされたときも、イヤな気持ちにしかならなかった。
　それなのに、キミと出会って、イタズラというものはそんな気持ちだけじゃないんだと知った。
「ギャ!!　ちょっと誰!?　私の机の中にホラー映画のパンフレット入れたの！」
　昼休み。
　涙目で叫んだら、隆平はけらけらと笑いながら手をあげた。
「はーい、俺でーす」
　高校に入学して1年ちょっとがたち、私たちは2年生になった。
　その間に文化祭があったりして、みんなと話す機会も増え、私たちと距離を置いていたクラスメイトもだんだんと話しかけてくるようになった。
　私たち4人は一緒に過ごすうちによりいっそう仲よくなって、休日も遊びに出かけたりしていた。
「私、ホラーすっごい苦手だって言ったよね!?」

「だからやったんじゃん。やっぱり毎日、沙良にイタズラしてやんねぇと俺、元気出ねぇもん」
　ウソつき……。
　毎日元気ありあまってるくせに‼
「まーたやってるよ、あんたたち」
「もう、沙良ちゃんがかわいそうだよ」
　隆平は私の反応が気に入ったのか、毎日のようにイタズラを仕掛けてくる。
「だってよ、梓は反応薄いし、満は最近カンづきがちだし。やっぱ、単純な沙良が一番楽しいんだよなあ」
「単純ってなによ‼」
　ギロッと隆平をにらむと、彼は「怖ぇー怖ぇー」なんて言いながらからかう。
　水鉄砲のときはあんなにカッコよかったのに、こういうときはヘラヘラしてるんだから。
　でも、あのとき以来、満くんをイジメる人は減ったと思う。
　教室でも、陰口を言う人は少なくなっていたし、直接暴力を振るわれたりはなくなったと満くんも言っていた。
「なぁ、隆平、今日駅前のゲーセン寄ってこうぜ」
　今は、満くんがイキイキしてるのが本当にうれしいな。
　入学当時は硬かった制服の生地が、今は少しだけ馴染んできた。
　初めは不安でなにも言えなかった私が、今は自分の意見を言えるようになった。

その結果、周りが私たちのことを白い目で見てきても、自分はまちがってないって思えるようになって、すっごく気持ちがいいんだ。
　時間がたてば少しずつ変わっていく。
　成長してるって実感できるのは、とってもいいよね！
「どうしたの？　沙良、制服なんて見つめちゃって」
「いやぁ、ちょっとね」
　梓に見られていたことがはずかしくなってごまかす。
「あ！　どうせあれでしょ。卒業式のジンクスのことでしょ」
「ジンクス？」
　なにそれ……？
　そんなのあったっけ？
「知らないの？　沙良、そういうの好きそうじゃん。ほら、卒業式の日にネクタイを交換（こうかん）したら両想いになれるってやつだよ」
「えっ‼　素敵（すてき）‼　そんなのあるんだ」
　うちの高校は、男子も女子もつけるのはネクタイ。
　梓は、このネクタイがリボンだったら完璧（かんぺき）にかわいい制服なのにって言っていたけれど、私は気に入っている。
　だってデザインもかわいいし、ネクタイってリボンより形を自分で作れるからよくない？
　だから私は、正装じゃないときもつけている。
　もちろん梓は外してるけど。
「このネクタイにはそんな意味があったんだ〜。大事にし

第3章 この気持ちを大切にしたい ≫ 71

よう……それで私もいつか、誰かと交換してみたいなぁ」
　私が夢に浸っていると、隆平と目が合う。
　とっさにそらすと、彼は言ってきた。
「女子ってそういうの好きだよな〜。どこがいいかわかんねぇわ。ただ交換してるだけじゃん」
「そういうところがダメなんだよ〜隆平は‼　もっと女の子の気持ち考えた方がいいよ！」
「あれ、お前、女だったっけ⁉」
　おちょくってくる隆平を、私は「こらー！」って怒りながら追いかける。
「こっちまでおいで〜」
　すると、彼は楽しそうに逃げだした。
「隆平〜‼」
　私も周りを気にすることなく彼を追いかける。
　短距離はわりと得意なんだから！
　私を挑発したこと、後悔させてやるっ‼
　上履きのまま外に出て、ときどきこっちを振り返る隆平を私も負けじと追いかけたら、外にある庭の芝生の上に来たとき、彼は突然倒れこんだ。
　——バタン！
「え……隆平？」
　ピクリとも動かない隆平の肩を揺らす。
「ねぇ、隆平、ちょっとしっかりしてよ‼　どうしたの⁉」
　しかし、彼はうつ伏せに倒れたままで全然動かなかった。
「ちょっと、ねぇ！　冗談やめてよ。ビックリするじゃん‼」

バシバシ体をたたいたら、彼はくるりと振り向き、私の頭をぐいっと引きよせた。
「へへっ、引っかかった？」
　そして、笑いながら聞いてきた。
　隆平に頭をぎゅっと抱きしめられる。
　距離がいつもより近くて、鼓動が速くなった。
「なに、どうした？　ビックリさせすぎた？」
　──ドク、ドク、ドク。
　このドキドキ……いつもとちがう。
　鼓動が焦ったように速くなって、隆平が起きあがらなかったらどうしようって怖くなった。
「そ、そうだよ！　こういうイタズラはよくないよ……！」
　私は隆平の声で我に返り、あわてて顔をそむけて言った。
「わりぃ、わりぃ。でもやっぱ好きだわ、お前の反応」
　彼は、そんなことを言いながら私を解放すると、芝生に横たわった。
　私のこと好き……って、言われたのかと思った。
　トク、トクとリズムよく音を立てる心臓は、なにを示しているんだろうか。
　私も隆平に合わせるように隣に横たわる。
「お前の素直なとこ、好きだぞ。満のことも、正直お前がいてくれて助かったって思ってる。いいと思うよ、お前の性格。ジンクスまっすぐ信じるところもな」
　──ドキン。
　好きって言われたことに、また心臓が大きく音を立てる。

「むっ、またからかって〜!!」
　はずかしかったから、私はそれをごまかすように言った。
　サアッと、風が私たちの間を通りぬけていくのが気持ちいい。
「だってさ、こんなジンクスが学校にあるなんて幸せじゃんか。お気に入りのネクタイを好きな人と交換して両想いになれる。本当に素敵だなあって思うよ！」
　さっきまで私をからかっていた彼は、今はふっと鼻で笑いながらも聞いてくれる。
「あとね……なんかさ、ネクタイって特別な気がしない？　第2ボタンと同じように心臓に近くて、それでほら……ネックレスみたいな！　いつでもそばにいるって感じっ！」
「ぶっ、お前……それは強引だろ」
　たしかにちょっと強引だったけど、私にとっては特別なもの。
「だから、ずっとつけてようと思ってる。正装じゃない日もずっと身につけて、私の心と一緒にいてもらうの」
「いいじゃん、それ。卒業のとき、好きなヤツと交換できるといいな」
　好きな人……。
「うん……」
　それまでに素敵な人と出会えるといいな。
「そろそろ戻ろっか」
「そうだな」

そう言って隆平が立ちあがるから、私も一緒に立ちあがった。

「ちょっともう、どこまで行ってたのよ〜ふたりして」
　教室に戻ると、梓に怒られた。
「今、梓とさ、みんなで寄り道して帰らねぇかって話してたんだよ。なのに、ふたりがいねぇから……」
「ごめん、ごめん！　いいね、行こうか‼」
「そうだな」
　私と隆平と満くんと梓。
　これからもずっと、4人で一緒にいたいよね。

告白

　季節はまだ暑さの残る秋になった。
「おはよー！　久しぶり〜」
「って、そうでもねぇだろ。夏休み、ほぼ会ってたんだからよ」
　夏休みは隆平の言うとおり、ほぼ毎日みんなで集まっていた。
　夏休みに入る前から遊ぶ予定を立てていた私たちは、学校がなくても毎日がイベントで、プールにバーベキューに花火をしたりと忙しかった。
　とくに楽しかったのは……バーベキューかな。
　みんなで買い出しに行って、野菜とお肉を焼いて。
　隆平がお肉ばっかり取るからみんなで怒ったり、そのあと、かくれんぼとかしたりして。
　本当、いい思い出だ……。
　学校がなくてもしょっちゅう会っていたから、まぁ、久しぶりって感じはしないんだけど、学校で会うのは久しぶり。
「今年はみんなでいろんなことができてよかったね！」
　私が笑顔でみんなに言うと、満くんもニコッと笑って言った。
「満喫しすぎたな」
　満くんの肌は日焼けでまっ黒だ。

隆平も色が変わった腕を見せびらかしていた。
私も去年より、焼けちゃったな。
でも、みんなとたくさん遊んだ証拠って思えて、この日焼けがうれしかったり……。
2学期が始まっても体育祭とか校外学習とか、楽しみなことはたくさんだ。
それに……。
「おはよう」
「おはよう！」
私があいさつをすると、最近ではクラスの人も笑顔であいさつを返してくれるようになった。
これも全部、隆平のイタズラのおかげかもしれない。

「おーい、古田。先輩が呼んでる」
それから3ヶ月ほどたった昼休み。
お弁当を食べ終わり、梓と話していると、クラスの男子にそう言われた。
誰だろう……。
教室のドアまで向かってみると、そこにいたのは、背が高くスラッとした先輩だった。
「あ、あの……」
この人が本当に私に用事？
そう疑ってしまいそうなくらい顔が整っている。
「古田沙良ちゃん、話があるんだけど、ちょっといい？」
「はい」

言われるとおり、先輩のあとをついていく。

人通りの少ない廊下まで行くと、先輩は聞いてきた。

「俺のこと、知ってるかな?」

「ご、ごめんなさい……」

正直、記憶になかった。

すると、その先輩は少し眉を下げた。

「一応……中学一緒だったんだけど、わからないか」

「すみませんっ……」

「いや、いいんだ。ちょっと残念だったけど。……俺、赤坂和っていいます。3年なんだけど、沙良ちゃんと中学一緒でさ……」

そこまで言うと、先輩はなにも話さなくなってしまった。

な、なんだろう。

こういう雰囲気には慣れていなくて居心地が悪い。

すると彼は言った。

「……ずっと前から好きだったんだ。一緒の高校なんだって最近知って、うれしかった。俺と……付き合ってほしい」

えっ……!

先輩が私のことを好き!?

驚きすぎて言葉が出なかった。

「あの、私……っ、赤坂先輩のこと、まだ全然知らないし」

それに、いきなり付き合うなんて考えられないし……。

「うん、だから、これから知ってもらいたい。それとも、好きな人とか……付き合ってる人はいるのかな?」

付き合ってる人はいない。

好きな人も……。
「いないです」
「そっかよかった。今すぐにとは言わないから、少しずつ俺のこと見てほしい。俺の今の気持ちは、そういうことだから……」
「はい……」

　思わず返事をしてしまった。

　断る理由もなくて、初めて告白されたこともうれしくて。少し顔が熱くなった。
「じゃあさ、さっそく今日の放課後、一緒に帰らない？」
「はい……」

　先輩のことを知れば、好きになるんだろうか。

　好きになったら、私も周りの子のようにデートとかしたり、手を繋いだり……そんなことができるのだろうか。

　今まで恋というものにそこまで興味のなかった私に、突然こういうことが起きて少しうれしくなった。

　隆平が知ったらどう思うかな……。

　あれ？　なんで私、一番に隆平のこと考えたんだろう？

　そんなことを考えながら教室に戻ると、梓が興味津々に聞いてきた。
「ねぇ、なんの呼び出し？　なんかイイ感じの雰囲気じゃなかった？」
「あ……実はね……告白されたの」
「コクられた!?」

小さい声で梓にだけ聞こえるように言ったのに、梓は大きな声で言った。
　ちょっと、これじゃあみんなに聞こえちゃう……！
「へぇ、沙良ちゃん、告白されたんだ！」
「物好きもいるもんだな。沙良にコクるとか」
　ほら、満くんと隆平までやってきたじゃんか。
「で、付き合うの？　どうするの!?」
　楽しそうに聞いてくる梓。
「いや、だってまだ全然先輩のこと知らないし、付き合わないけど……でも知ってほしいって言われたから、それで好きになれたら付き合おうかなって……」
　こんな話をする日が来るなんて、思いもしなかった。
　こういうのは絶対、梓の方が先だと思ったのにな。
　梓の方が美人だし、男子とも普通に話せるから。
　そんなことを考えていると、隆平が言った。
「なんだそれ。お前、わりと軽いんだな」
「どういう意味？」
　さっきからの隆平の態度にカチンときて少し強気で返すけど、彼はひるまない。
「だから、高校入って誰かとお付き合いしてみたいな〜とか考えてて、ちょうどよく先輩が告白してきたから、まぁ少し性格知ってから付き合ってみようってことだろ？」
「そんな言い方……」
「だから、知らない先輩でも断らなかったんだろ？　そんなん、お前の遊びに付き合わせんの先輩に迷惑だからやめ

ろ」
「なにそれ、意味わからない！ だいたい、なんで隆平にそんなこと言われなきゃいけないわけ？ 先輩のこと知っていって、好きになったらそれでいいじゃん!! 隆平に文句言われる筋合いないよ!!」

　久しぶりにイライラして感情をさらけ出す。
　隆平も隆平だ。
　いつもみたいに、ふざけたこと言ってるだけならいいのに、ちょっと正しいような意見を言い返してくるなんて。
　イライラするに決まってる。
「お前は先輩を好きにならない」
「そんなの、わからないじゃん!!」
　クラスの人たちは私たちの様子をチラチラ見ていた。
「ちょっと……ふたりともやめなよ」
　さすがにやばいと思ったのか、満くんが止めに入る。
「そうよ、お互い、そこまで言うことないじゃない」
「コイツがわりぃんだろ？ そういう態度見てんの、ムカつくんだよ」
「なにそれ……そんなふうに思ってたんだ。もういいよ、隆平なんて知らないから」
　私は怒って立ちあがると、教室を飛び出した。

　隆平のバカ……大っ嫌い！
　走って屋上まで行って、そこにうずくまる。
「バカ……」

イライラした。
　梓にしか言うつもりはなかったけど、もし先輩から告白されたことを聞いたら、隆平はどう思うんだろうって……少しだけ考えた。
『物好きもいるもんだな。沙良にコクるとか』
　憎まれ口をたたかれるのは、べつにいい。
　だけど。
『なんだそれ。お前、わりと軽いんだな』
　こんなこと、隆平に言われたくなかったよ。
　隆平、私のこと軽いと思ったんだ……。
　ポロッと目から涙がこぼれてくる。
　それをぬぐっていると屋上のドアが開き、私は誰かに肩をたたかれた。
「隣、いい？」
「満くん……」
　こくりとうなずくと、彼はゆっくり腰を下ろした。
「隆平な、今日のはちょっとひどかったな」
「うん……」
「でも、めずらしく沙良ちゃんも感情的だったな」
「…………」
　隆平の言い方はひどかった。
　でもたしかに、私も感情的になっていた。
「なんで感情的になったの？」
　なんでって、それは……。
「隆平の言い方にイラッときて……」

「本当にそれだけ?」
「そうだよ」
　だって、それ以外にないから。
「でも意外だったな。沙良ちゃんは、隆平のことが好きなんだと思ってた」
　……え。
　周りから見ると、そんなふうに見えるの……?
「ち、ちがうよ!」
　好きとかじゃない、と思う。
　ただ……少し反応が気になっただけ。
「ちがうんだ?」
「うん……だけど……たしかに、隆平の言葉は図星だったかもしれない。初めて告白されて、うれしくなってちょっと舞いあがってた。お付き合いとか、彼氏とかそんな人ができたらいいなって思った。でも……先輩を好きになる気はないんだと思う……」
　自分の中で矛盾する気持ち。
　付き合う気はないのに、じゃあなんで、これから先輩を知っていくことにうなずいたんだろう。
　それが、やっぱり軽いっていうことなんだろうか。
「沙良ちゃん、そんなに思い悩むことはないと思うよ。俺は沙良ちゃんの考え、正しいと思う。相手のことを知らないのに付き合うなんてありえないし、だからと言って、知らないのにフるっていうのも簡単にできない。沙良ちゃんに今、好きな人がいないなら、知ってからでもいいと思う

んだ」
　満くん……。
　最近の満くんはとてもイキイキしていて、言葉にも説得力がある。
　気づけば、いつも私たちをまとめる役になっていた。
　ポンと私の頭に触れるその手も、なんだか力強く感じる。
　変わったんだ。
　入学してすぐの頃は、周りを拒絶して誰ともかかわろうとしなかった彼が、今はこうして私を諭してくれている。
「でもさ……」
　変わったんだな。
　隆平のイタズラによって。
「やっぱ、みんな仲よしでいたいじゃん？」
「うん」
　仲よしでいたい。
　せっかくできた関係なんだから。
　隆平と仲直りしたい……。
「たぶん、教室では梓が隆平に話してると思うから、行っておいで」
「うん！　ありがとう、満くん！」
　私は満くんにお礼を言うと、教室まで走った。
　誰かの言葉によって、人は変わることができるのなら、変えられないことなんてないって、そう思った。

仲直りのイタズラ

　昼休みが終わり、教室に戻ったけど隆平はいなかった。
「隆平には私がいろいろ話した。だけど途中でね、具合悪くなっちゃったみたいで早退した」
「隆平が早退？」
　そんな、急に。
　朝までは元気だったのに。
「うん、だいぶ顔色が悪かったから……でも、アイツもちゃんと反省してたわよ。仲直りしてね」
「うん」

　結局その日は隆平と話せることなく、放課後、先輩と一緒に帰った。
　だけど、話した内容は全然覚えていない。
　隆平のことばかり考えて、うわの空になってしまった。

　そして、次の日。
「え、休み……？」
　朝、梓の言葉を聞いて驚いた。
「めずらしいよね～。バカは風邪ひかないっていうのに～」
　登校してこないと思ったら、隆平は風邪で休みらしい。
「大丈夫かな？　隆平……」
　ケンカしたことを後悔した。

あのとき、すぐに謝っていればよかった。
　ケンカして会えなくなって……心の中がこんなにモヤモヤしてたら、なにも集中できないよ。
「そういえば、昨日はどうだったの？　先輩と」
「一緒に帰ったけど……なんか私の方が気持ちが入らなくて。また今度、一緒に帰ってほしいって言われた」
「隆平のこと考えてたからだ？」
「うん、まぁ……」
　私の話を聞くと、梓はため息をついた。
「じゃあ今日、隆平の家に行ってみれば？」
「無理だよ！　風邪ひいてるのに突然行くなんて迷惑じゃん！」
「そうかね〜？　お見舞いってうれしいもんじゃないの？」
　うーん……。
　──キーンコーンカーンコーン。
　梓の言葉に考えているとチャイムが鳴ったため、私たちは席に着いた。

「この時代の背景は〜……」
　先生の声がよく聞こえる。
　彼がいない授業はやっぱり静かだった。
　うしろから消しゴムが飛んでくることもない。
　らくがきのメモを私の机に投げて、笑わせてくることもない。
　本当に静かで集中できる環境だ。

それなのに。
「古田さん、ぼーっとしない！　ちゃんと聞いていてね」
　私はまったく身が入らなかった。
　静かすぎて、全然楽しくない……。
　彼の声が聞こえない。
　いつもの授業じゃない。
　私は心にさびしさを覚えながら机に顔を伏せた。

　どれくらい、そうしていただろう。
　気づくと授業は終わっていた。
「なんか今日、本当に学校静かだな」
「だって隆平いねえし」
　クラスメイトからもそんな声が聞こえてくる。
　こんなことで隆平の大切さに気づくなんて……。
「沙良」
　ぼーっとしていると、梓が肩をたたいてきた。
「私と満、隆平のお見舞い行くことにしたんだけど、来るでしょ？」
「……今日は、行かない」
「え、なんで？　まだ怒ってるわけ？」
「そうじゃないけど……なんか、今のモヤモヤした気持ちで会いたくないの。ちゃんと隆平の風邪が治って、私の気持ちも整ってから話したい」
「そっか……」
　今のまま行っても、きっとごめんねって伝えられずに終

わってしまうから。
　私は放課後、ひとりでとぼとぼと家まで帰った。

　隆平が学校に来たのは、それから3日後のことだった。
「塚越隆平、ふっかーつ‼」
　風邪で休んでいた彼は、そんな様子も見せず元気に叫んでいた。
　そして……。
「あ、沙良……」
　私のことを見つけ、話しかけようとした隆平。
　でも私はそんな彼から、ふいっと目をそらしてしまった。
　ど、どうしよう……。
　3日も話してなくて、話しづらい。
　言いたいことはたくさんあるのに……。
　私は一度廊下に出て、深呼吸してから教室に戻った。
「授業を始めるぞ〜」
　でも、ちょうどそこで先生が来て、話せなくなってしまった。
　この授業が終わったら、ちゃんと隆平に謝ろう。
　私はそう決意した。
「やべぇ、宿題やってねぇ〜」
　すると、私の列の一番うしろから隆平の声が聞こえてくる。
　この感じ、やっぱり落ちつく。
　少しうるさいくらいじゃなきゃ集中できないのかも。

そんなことを思いながら教科書に目を移す。
すると。
「あ……」
今日、先生がやると言っていたページの右下に、"ごめんな"と書かれていた。
この字には見覚えがある。
隆平だ。
私が謝ろうと思ってたのに、隆平……。
私はその文字を指でなぞりながら、「ごめん」と、心の中で謝った。

授業が終わると、私はすぐに席を立った。
早く謝りに行かなきゃ！
自分から隆平に近づいていく。
そして。
「隆平！」
大きな声で呼ぶと、隆平は笑顔でこっちを見た。
「あのね、隆平、この前は……」
「しーっ」
私が謝ろうとすると、隆平は自分の口に人さし指を立てて、私の言葉を止めた。
「お前が見舞いに来てくれないから、俺、治るのに3日もかかったんだけど」
え……？
そっか……。

隆平、謝らなくていいって言ってくれてるんだね。
「ごめん」
「今度はちゃんと来いよ、うまいもん持って」
　そういうイタズラ心が大好きだ。
「ほら、俺がいなくてさびしかったろ？　お菓子(かし)やるよ」
「ありが……って、ゴミじゃん!!」
　もう、またそうやってからかうんだから。
　だけど、彼のイタズラがないと、なんだか1日が始まらない気がする。
「やっと仲直りか〜。まったく心配かけやがって！」
　そこで隆平の机にやってきた満くんが言う。
「ごめんって」
「まったく〜。隆平がいない間、沙良はテンションガタ落ちだったんだからね！」
「ちょ……梓！　そんなに落ちてないって」
　梓の言葉に私が反論すると。
「強がらなくっていいんだよ、沙良ちゃん？」
　隆平は私をからかいながら、そう言った。
「ねぇ、じゃあ今日はみんなで寄り道して帰らない？」
　そう言ったのは梓だった。
「いいなそれ、隆平の復帰祝いだ」
　満くんが賛成して私もうなずく。
「おー、さんきゅ!!」
　関係は変わらない。
　みんなとずっと、このままでいたい。

みんなが幸せなこのときを、ずっと続けていきたいと、そう思った。

　それから1週間後、隆平はまた学校を休んだ。
　先生が言うには発熱が原因だという。
「どうしたんだろうね」
「なんか3日前、水遊びしたとか言ってたな」
　梓の言葉に満くんが言った。
「それじゃん、絶対！　もう、なんで隆平そんなこと……」
　イタズラ好きなのはわかるけど、こんな12月の寒い時期に水遊びなんかしたら、そりゃあ風邪ひくよ。
　それに、風邪は一度ひくと次もひきやすくなるっていうし……前回の風邪が完全に治ってなかった可能性もある。
「私……今日お見舞い行こうかな」
　そうつぶやくと、ふたりはにやっと笑いながら言ってきた。
「ひとりで行っておいで」
「ちょっとなに、なんで？　なんでそんなニヤニヤしてるの？　一緒に行こうよー‼」
　ふたりの肩を揺らしながらそう言うと。
「俺らこないだ行ったし、ひとりで行ってやれよ～」
　なんて言ってくる。
　なんか最近のふたり、おかしいんだよね。
　私が隆平とケンカしてから、やたら隆平とふたりきりにしようとするというか……。

「じゃあ、いいもん」
　まぁいいけど。
　ふたりが行ってくれないなら、ひとりで行くもん。

　放課後になると、私は今日配られたプリントと今日の授業のノートを持って教室を出た。
「隆平によろしくな〜」
「私のぶんも〜」
「はいはい」
　ふたりに軽く返事をしてから校舎を出て、すぐ近くのコンビニに行く。
　ゼリーと、あとは……このチョコ好きって言ってたけど隆平、食べられるかな？
　一応、入れとこ。
　隆平の好きなチョコも買い、私は彼の家に向かった。
　彼の家は夏休みに一度、みんなで行ったことがある。
　そのときは一緒に宿題をやったんだ。
　楽しかったなあ。
　隆平のお母さんがスイカを切ってくれて、みんなで種飛ばし大会とかやったっけ。
　思い返せば、たった1年でたくさんの思い出が増えたな。

「あ、ここだ」
　楽しかった思い出を振り返っていると、すぐに隆平の家に着いた。

──ピーンポーン。
　　チャイムを鳴らす。
　　すると中から出てきたのは、具合の悪そうな隆平だった。
「よお」
「ちょっと、なんで出てきてるの!?」
「母ちゃん、仕事でいねぇから。たぶんこの時間なら、お前ら誰かしら来ると思って……げほ、げほ」
「わかった、もういいから中に入って！」
　　隆平を部屋の中に押しこんで、ベッドまで連れていく。
　　そして、隆平を横にさせると私は体調をうかがった。
「どう？」
「ああ、平気……ごほっ」
　　この前もこんなにひどい風邪だったんだろうか。
　　なんか、つらそうだよ……。
　　私が隆平を見ていると、彼はダルそうに言った。
「お前、帰れよ」
「なに言ってんの!?　お母さんが帰ってくるまでいるよ！」
　　こんな状況でひとりでいたら、もっと悪化するよ……。
「バカか、うつったらどうすんだ……ごほごほっ」
「うつってもいいよ」
　　今ここで隆平を見捨てるくらいだったら、風邪をもらう方がマシだ。
「……ったく、お前って、なんでそんなお人好しなんだよ」
　　あきらめてぐったりとベッドに横たわる隆平に、毛布をかけてあげる。

「ゼリーとかいろいろ買ってきたから、食べたくなったら言ってね」

そう言うと、隆平は目を閉じた。

今まで、たくさんの元気を隆平からもらった。

だから今度は、私が隆平を元気にしてあげたいの。

すると……。

——ぎゅ。

「ちょ……っ、なに!?　隆平」

私は突然、隆平に手を握られた。

「俺さ……っ、イヤだったんだよな」

目をつぶったままの隆平。

だけど、寝てるにしては言葉がはっきりしすぎている。

「お前が……誰かと付き合うかもしんねぇって思ったら、イヤだったんだ」

隆平……!?

急にどうしたの!?

熱でやられちゃった!?

「だからさ、あんな言い方しちまった……ごめんな」

隆平……。

心臓がドキドキと鳴りだすのは、ふたりきりで芝生に寝転んだあのときと同じだ。

隆平の手が熱くって、自分の顔も熱くなって……気づけば心臓がドキン、ドキンと音を立てている。

「……っ」

そういえば、隆平に触れるといつもそうなった。

満くんに頭をポンッとされたときは大丈夫だったのに。
先輩と一緒に帰ったとき、肩が触れてもなにも感じなかったのに。
どうして隆平のときは……こんなに心があったかくなるんだろう。
今の言葉が、熱のせいじゃなければいいと思った。
「私もね……特別に思ってたのかもしれない」
本心だったらうれしいのにって思った。
それって、私が隆平のことを……。
──スースースー。
「寝ちゃった……」
小さく聞こえてくる寝息。
今、口に出した言葉、聞かれてなくてよかった。
聞かれてたら、意識して話せなくなっちゃうしね。
「手……熱い」
熱のせい。
私の気持ちも彼の言葉も、きっと熱のせいだ。
──ガチャ。
「ただいま〜」
そのとき、隆平のお母さんが帰ってきた。
「あ、こんにちは。お邪魔してます」
「あら、沙良ちゃん。来てくれてありがとうね〜」
私が部屋から出てあいさつすると、隆平のお母さんは笑顔でそう言った。
隆平って、目がすっごくお母さんに似てる。

「隆平、あんな適当なヤツだからね〜。友達なんかできないんじゃないかって不安だったのよ」
「いえ、そんなことないです。自分をしっかり持っていて、みんなを笑顔にすることができて、すごく尊敬してる人もいると思います！」

　私もそのうちのひとりだ。
　きっと、誰もがなれるわけじゃない。
　自分がなりたいと思っている自分に。
「沙良ちゃん、本当にいい子ね〜。なにからなにまで、ありがとう。お菓子でも用意するわね」
「あ、ありがとうございます」
　それからリビングに移動して、私は出されたクッキーを食べながら隆平のお母さんと話をした。

「じゃあ、そろそろ帰りますね。クッキー、ごちそうさまでした」
「またいつでも来てね」
　結局、隆平は起きてこなかったけど、大丈夫だよね？
　隆平の家を出ると、冷たい風が吹き私の体を震わせた。
『お前が……誰かと付き合うかもしんねぇって思ったら、イヤだったんだ』
　帰り道、隆平の言葉を思い出すと顔が熱くなった。
　イヤだった、か……。
　自分で熱のせいだってことにしたくせに、本当はやっぱり本心だったらいいと思っている。

「特別ってなんだろう」
　ぺたっと顔に手を当て、熱くなった頬(ほお)を冷ますと、私は小さくつぶやいた。
　サァッとイタズラな風が吹く。
　それはもしかしたら、なにかの合図かもしれない。

イタズラサンタ

　熱を出して寝こんでいた隆平は、今度は次の日に学校にやってきた。
　それから数週間。
　私はというと、あれから何度も先輩から遊びや一緒に帰る誘い(さそ)があったけど、すべて断った。
　彼氏とデートに行ったり、手を繋いだり。
　そんなことができたら楽しい高校生活になるんだろうと思っていたけれど、今は隆平や梓や満くんとの時間を大切にしたいって思ったんだ。
「ねぇ、明日から冬休みだよ！　みんなまた会えなくなるね」
　そう、今日は12月23日。
　終了式を終えた私たちは、担任の先生から通知表をもらうのを待っている。
「だなー、1回くらい集まろうぜ。家にいると、親が宿題やれやれうるせぇもん」
　隆平が言う。
「俺も、みんなに会いてぇな」
　満くんも少し照れくさそうに言った。
「そうだね、みんなで遊びたいよね」
　っていっても、年末年始は親戚(しんせき)のところに行かなくちゃだからなあ。

集まる時間あるかな。
　そんな話をしていると。
「俺も……年始は父さんに会いに行く」
　満くんがうれしそうに言った。
「よかったな」
　隆平がそう言うのを見て、満くんは笑顔になる。
「お前のおかげだよ」
　そっか、隆平……満くんの相談にのっていたんだ。
　やっぱり隆平は人を元気にさせるのが得意だね。
　満くんも……なんかやっぱり変わったなぁ。
「お前が教えてくれたイタズラ、父さんにも仕掛けてみる」
「ああ、あれは驚かないヤツはいねぇからな。がんばれよ」
　前はお父さんのことで下を向いていた満くんが、今はこんなにイキイキとお父さんのことを話している。
　時間が進んでもきっかけがなければ変われないけれど、きっかけさえあれば、こんなに変わることができるんだね。

　それから私たちは成績を見せ合いっこして、冬休みに会う日を決めてから解散した。
　２学期が終わり、高校２年生も残すところあと３ヶ月。
　早いなあ……。
　みんなと会う前は、なんだか楽しめる気がしないクラスだったけれど、今はすっごく楽しい。
　３年生になってもクラスが変わることはないから、関係も変わったりしないけど、２年生が終わったら、あらため

てみんなにありがとうって伝えたいな。
　そして次の日。
　わたしは家族でクリスマスパーティーをする準備をしていた。
「そういえば沙良、友達とクリスマスパーティーするんじゃなかったの？」
　お母さんが言う。
「うん、私はするつもりだったんだけど、隆平が用事あるみたいだったから……まぁ、みんなも家でパーティーやるみたいだし」
　満くんは、隆平の言葉を聞いて『じゃあ、俺は母さんとクリスマス過ごす』って言ってたしな。
「なんかあれね～。なんだかんだ、隆平くんを中心に決まってくのね」
　3人は夏休みに一度私の家に来たから、お母さんもみんなのことを知っている。
「そうかも～。なんかさ、隆平は全然そんな気ないんだろうけど、みんなを引っぱっていく感じなんだよね。きっと、なにも考えてないんだろうけどさ。それでも、気づけばみんながついていってるんだよ」
「へぇ～」
「な、なに、お母さん‼」
　お母さんは私の言葉を聞きながらニヤニヤしている。
「いや、沙良がそんなこと言うの、めずらしいなぁと思ってね。隆平くんのこと、よく見てるんだなって思ったのよ」

「だって、いつも一緒にいるんだし……よく見るじゃんか」
　私はお母さんに指摘されて、はずかしくなった。
　なんか……隆平のこと好きって思われてる……？

「カンパーイ！」
　夜になり、私は家族でお肉を食べたり、ケーキを食べたり、いろんな話をして楽しんだ。
　クリスマスイブって楽しいな。
　いつもとちがうご飯にケーキ。
　そして、今年はお母さんが子どもビールという飲み物を買ってきてくれた。
　これは炭酸のリンゴジュースでビールそっくりだから、私も大人になったみたいな雰囲気を感じられる。
　お父さんのマネをして「ぷはー」なんて言ってみたりして、ちょっと楽しかった。
　でも今日……隆平に会いたかったな。
　なんて、酔ってるのかな。
　酔うはずのない子どもビールのせいにして、私はこの感情をごまかした。
　すると……。
　——ピリリリリリ。
　突然、スマホが鳴った。
《着信：隆平》
　隆平から!?
　私はあわててスマホを持つと自分の部屋へ駆けあがっ

た。
「も、もしもし」
　部屋に入ってすぐスマホ画面をタップすると。
『ハッハッハッ』
　なんて、ちょっと低い声が聞こえてくる。
「ちょ、隆平!?」
『メリークリスマス！　いい子にしていた沙良さんにはプレゼントをあげよう。なにがいいかな？』
　隆平の声はする。
　けれど、いつもとは話し方がちょっとちがう。
「隆平でしょ？」
　そう問いかけると、隆平は低い声で言った。
『なにを言ってるんだい、僕はサンタだよ』
　ああ、これもまたイタズラか。
　本当にイタズラ好きなんだから。
　どうやって、こういうの考えつくんだろう。
　きっと楽しそうな顔して、考えているんだろうな。
　じゃなきゃ、こっちまで楽しくなったりしないもん。
『キミは、なにが欲しいんだい？』
　もう小さい子ではないのに笑顔がこぼれてくる。
　素敵な素敵なイタズラ。
　心が温まって思わず涙が出そうになる。
「欲しいものはないよ……」
　そのイタズラが、周りにたくさんの幸せを与えているって教えてあげたい。

イタズラって、人をからかうものだけじゃないんだよって、大きい声で伝えたい。
「だけど……塚越隆平っていう人に今、会いたい」
　なんかもう、今すぐに彼に会いたくなった。
『…………』
　——プープープー。
　少しの沈黙のあと、切れた電話。
　あれ、来てくれるのかな？
　サンタさんってこんなことするの？なんて思ったけれど、私は笑顔になって彼を待っていた。
　早く、早く。
　私へのプレゼントは来ないかな、と。

　——ピーンポーン。
　10分くらいして、家のチャイムが鳴った。
「ちょっと外行ってくる！」
　お母さんに伝えて家を出ると、そこには息を切らした彼がいた。
「なんかよ、急に足が動いてよ、気づいたらお前んちだったんだよ」
「なにそれ、おもしろいね」
「な、すっげぇ不思議だったわ。サンタにでも魔法かけられたんかな」
「そうなんじゃない」
　私たちはさっきの電話がウソだったかのように話を続け

る。
　だけど、隆平は耐えられなくなったのか、小さい声でつぶやいた。
「お前があんなこと言うから……」
「なに？　あんなことって」
　しらばっくれる私。
「ズリィぞ、バカ！」
　だって、はずかしい。
　さっきのは、相手がサンタさんだったから言えたんだもん……。
「あんなん言われたら、走ってくるしかねぇだろ」
　——ドキン、ドキン。
　彼がはずかしそうに言う言葉を聞いて、私まで顔が熱くなっていく。
　もう、ごまかせない。
　彼が好き。
　感情があふれていく。
「今日、すごい……幸せを感じたの」
　心の中が温かくなって、私の気持ちを閉じこめていたフタがまるで溶けてしまったかのように、あふれだす。
「サンタさんから電話が来たとき、なんかすっごい幸せだって思ったの」
　電話がなくても、きっと楽しい１日だった。
　けれど、そのイタズラがあったことでもっと楽しくなって、もっともっと幸せを感じた。

「ありがとうって、すっごく言いたくなったの」
「サンタにか？」
　イタズラって、なんでこんなにも人を温かくするんだろう。
　知らなかった……彼と出会うまで。
　知れてよかった。
「隆平にだよ……ありがとう隆平」
　私にたくさんのことを教えてくれて、ありがとう。
「んだよ……それ。そこ、サンタにしとけよ。はずいだろーが」
　彼は照れながらそっぽを向く。
「俺も……お前のそういうとこに感謝してんだからな。素直なとこ……なんか影響されんだよ」
　かあっと上がる体温。
　熱くなる顔。
　これはもう、好きなんだって認めざるをえなかった。
「ねぇ、隆平。私、自分の気持ち、今日はっきりわかったの。伝えたいって思うほど……。だけど、まだ全然まとまってなくて話せる状態じゃないから……待っててほしい」
「おう？」
　この気持ちを大切にしたいと思った。
　今すぐに言いたい。
　けれど、もっとしっかりとがいい。
　自分の気持ちをちゃんとまとめてから。

クリスマスイブの日。
　幸せとともにイタズラサンタにもらったプレゼントは、彼への気持ちをはっきりとさせる恋心だった。

きっかけ

　クリスマスから２ヶ月。
　私はいまだに彼に告白できないでいた。
　自分の気持ちに気づいてから、最初は会うのがはずかしかったものの、今はもう慣れてしまって……。
「隆平！　また私のシャーペンにイタズラしたでしょ！」
「バレた？」
「こらー‼」
　すっかりこんな感じだ。
　本当は、もう言う準備は整っているけれど、いざ伝えようとすると緊張しちゃって言いだせない。
　どうしたら言えるんだろう……。
「もうすぐ２年生、終わっちゃうね」
　昼休みの教室で梓が言った。
「本当だよね……」
　３年生になる前には伝えたいって思うんだけど……言えるかな。
「いつ言うの？　３年生になってからでいいの？」
「いや、なる前がいいんだけど……」
　実は梓には最近、隆平が好きだということを伝えた。
『満にも教えて平気？』って梓に聞かれて、私がうなずいたから満くんも知っている。
「満がね、たぶん沙良は隆平のことが好きなんじゃないか

なって言うからね、私はそれはないって言ったのよ！ だって、あんたたち、ふたりでいてもケンカしたり、全然色気ないし……」

 梓は驚いていたけど、満くんはカンづいてたらしい。

 むしろ、なんで満くんはわかったんだろう。

 でも……満くんはよく人のこと見てるからなあ。

 体調が悪いこととか、気持ちの変化とか、よく気がつくの。

「私がふたりきりにさせてあげようか？」
「うーん……たぶん、ふたりきりになっても緊張してはぐらかしちゃうと思うんだ。だから、なんだろう……きっかけがあればいいんだけどな」
「難しいね」

 それに、簡単に言いだせない理由はもうひとつある。

「ねぇ、もし私が隆平に告白してフラれたら、やっぱりもとの関係には戻れないよね？」

 理由はこれだ。

 今まで友達だった関係を別のものに変えようとすること。

 それは、うまくいかなければ当然、崩れてしまう。

「それはないと思うよ」

 すると、うしろから私たちの話を聞いていた満くんがそう言った。

「満！」
「満くん……聞いてたの!?」

カンづかれていたとはいえ、自分の口から隆平が好きだと言ったわけではないから、私ははずかしくなった。
「うん、本当は黙っとこうと思ったんだけど、沙良ちゃんが悩んでるみたいだったからさ」
　隆平は近くにいないよね？
　キョロキョロ見るけれど、彼は教室にいなかった。
　よかった……。
「俺はさ、沙良ちゃんが隆平に告白したって、この関係は崩れたりしないって思うよ。アイツもそういうヤツじゃないし。どういう結果になるにせよ……初めは気まずいこともあるかもしんないけどさ、ここまで仲よくやってきた仲じゃん」
　そうだ。
　もうすぐ、みんなと出会ってちょうど２年がたつ。
　たった２年の思い出なんて、それほどないように思えるかもしれないけど、私にとってはとてもたくさんの気持ちがつまった２年だった。
　学校以外でもたくさん遊んだ。
　つらいとき、お互いに励ましあった。
　そんな私たちの関係が簡単に崩れるわけないよね。
「それにさ……沙良ちゃんと隆平、いい感じだと思うよ」
「そうね、お互いいろいろ言いあってさ、夫婦みたいだわ」
　ふ、夫婦……！
　それっていい感じなんだろうか。
　だけどふたりの励ましに、私は少し顔が熱くなった。

「うん、ちょっと自信が出てきた。がんばってみようかな」
「おーいお前ら、なにこそこそ話してんだよー。俺が先生に呼び出しくらってるときに内緒話とか、ズリィぞ」
　すると、隆平が教室に戻ってきた。
「なにって、べつにー。先生に呼び出しくらうような人には教えません！」
「言ったな沙良！　呼び出しくらったのは、お前のせいなんだぞ！」
「お前のせいって、隆平が私にイタズラしようとしたからでしょ‼」
「だってお前、イタズラしてくださいって背中に書いてあんじゃん」
「そんなの書いてない‼」
　私たちの言い合いに、満くんと梓はふたりして笑った。
「なに笑ってんだ？」
　隆平はそれを不思議そうに見ている。
「いや、べつに。仲いいなって思って」
　満くんが笑いながら言うと。
「たりめえだ、な？　沙良？」
　と、隆平が私の肩を組んできた。
　かあっと熱くなる顔。
　普通に話してるぶんには平気だけれど、こうやって隆平が私に触れてくると、そりゃあ……意識してはずかしくなっちゃう。
　バレないように隆平から顔をそむけると、「ま、まぁ」

とヘンな返事をした。

　これじゃあ、バレるのも時間の問題かも。

　そのうちにチャイムが鳴り、それぞれ席に着くと、私はどうやってこの気持ちを隆平に言おうか考えた。

　"好きです。付き合ってください" かな？

　ううん、そんな硬い感じじゃない方がいい。

　もっと私らしく、いつもどおりに伝えよう。

　場所は……静かな場所がいいかな。それとも、公園とかで子どもが遊んでるのを見ながら……とか？

　うーん……。

　ペンを回しながら考えていると、うしろからクラスの女の子たちが小さな声で話している会話が耳に入ってきた。
「もう少しで先輩、卒業じゃん？　ネクタイ交換しに行きたいんだけど先輩、人気だからさ……すぐなくなっちゃうかもしれない」
「付き合ってる人はいないの？」
「それもわからない……もう予約とかされてるかなぁ」

　そっか……もう少しで3年生は卒業か。

　私の憧れていたジンクス。

　私も1年後はそれを実行したい。

　もちろん……隆平とがいいけれど。

　ここで終わっちゃったら、もう交換する資格もなくなっちゃうんだよなあ。

　それだったら、告白しないでずっと友達のままでいた方がいいのかもしれない。

そして、最後の最後に想いを伝えて……。
——コツン！
そんなことを考えていると、うしろから折りたたまれた紙が私の頭に当たって、机の上にのっかった。
痛い……。
もう、また隆平だな。
またきっと《バーカ》とか、くだらないことが書いてあるにちがいない。
そう思ったのに……。
《放課後、パフェ食いに行かねぇ？》
そんなお誘いが書いてあって、顔がニヤけてしまった。
告白しないで1年間も、待ってられるわけないんだ。
もう、私の気持ちは隠せるものじゃない。
だって、隆平の書いた文字ひとつで、こんなにうれしくなって、眠たかった授業がこんなにウキウキしたものに変わるんだから。

授業が終わって、隆平に「いいよ」と返事をすると。
「よし、授業終わったら、ふたりで食いまくるぞ！」
と隆平が言った。
「あれ、ふたり？」
「ああ、なんかアイツら予定あるらしい」
ん……？
あのふたり、気を使ったな。
でも……ありがとうって、あとで言っておこう！

そして、放課後。
「じゃあ、また明日ね〜」
　梓は笑顔で手を振りながら、私たちを送り出した。
　私は隣にいる隆平にすでにドキドキしている。
　こんなんで言えるのかなあ。
「駅前にできた新しいカフェがあるんだよ。お前、そういう店好きだろ？」
「あ、うん……！」
　やばい。
　意識すると、ふたりで歩くの、はずかしいかも。
「なんだ？　お前、顔赤くね？」
　そんなことを思っていると、いきなり顔をのぞきこんでくる彼。
「わ、ちょ……！　近いって」
　私は驚いて、彼の顔をベチッとたたいてしまった。
「いてぇ……」
　隆平はその場にうずくまる。
　もしかして、目に指が入った!?
「ごめん、隆平、思わずたたいちゃった！　目……平気？」
　私も隆平と同じようにしゃがみこみ、彼の顔をのぞきこむと……。
　隆平はパッと覆っていた手を開いて、舌をベッと出した。
「だまされた〜」
　——ドキ。
　やばい、今カッコいいって思っちゃった。

第3章 この気持ちを大切にしたい ≫ 113

「もう、ヘンなことしないでよ！」
「お前の心配そうな顔、いただき～」
　……ドキドキする。
　つくづく、イタズラっ子だなあって思う。
　きっと、昔からいろんなイタズラをしてきたんだろうな。
「ってあれ……隆平、そのアザどうしたの？」
　ぱっと気がついたのは、隆平の手にできているアザだった。
「ん？　なんだこれ？　知らねぇけど、寝てる間にどっかぶつけたのかもしんねぇわ」
「ふーん。隆平、寝てるときもイタズラ仕掛けてるんじゃない？」
「ありえるな」
「ふふっ」
　そんなことを話しながら歩いていると、カフェに着いた。
「いらっしゃいませ～。２名様ですか？」
「はい」
　うわわ、なんかオシャレなカフェ……！
　いつもみんなで行ってるファミレスより雰囲気があって緊張する。
　店員さんに案内された場所に座ると、私はさっそくメニューを見た。
　すごくいっぱい種類がある。
　どれを頼んだらいいんだろう……。
「なに迷ってんだよ。お前、いっつもイチゴだろ？」

「だって、こんなにあるから、普段とちがうものをって」
「ぷ、思いっきり、お前の目線、イチゴパフェだったぞ」
「う、うるさいわね！　じゃあ、それにしてあげるよ」

　なんて、本当はすぐイチゴパフェに目が行っちゃってたんだけど。

　隆平がチョコパフェ、私がイチゴパフェを頼むと、15分くらいでやってきた。
「わ、大きい〜！」
　いつも食べるパフェの1.5倍くらいはある。
「いただきまーす」
　私はおなかが空いていたから、すぐスプーンを持って食べはじめた。
　口に入れると、甘ずっぱい味が広がって幸せな気分になる。
「おいしいな〜。連れてきてくれてありがとね」
「べつに、俺も食いたかっただけだし」
　ふたりして黙々と食べていると、隆平がふと口を開いた。
「そういやさ、お前がクリスマスのときに言ってた、伝えたいことってなに？　まだまとまってねぇの？」
「え！」
　まさか隆平からその話が出るとは思ってなくて、私はパフェを喉につまらせそうになった。
　でもこれって、チャンスかもしれない。
　ふたりでいて、隆平からその話を切りだしてくれて、一

番話しやすいとき。
「あ、あのね！」
　今しかないと思ってあわてて口を開いたら、声が裏返った。
「ふっ」
「あ、あの……」
「なんだよ？　ゆっくりでいいぞ。食いながら話せば」
　さすがに話の内容まではわかっていないみたいで、隆平はのん気なことを言う。
　好きだって伝えたいって思ったときから、２ヶ月たった。
　その間に考えをまとめてこなかったわけじゃない。
　だったら、それを言えばいい。
　用意した言葉、用意したセリフで。
「あの……っ、だから」
　隆平のことを私がどう思っているか、これからどうしたいか、ゆっくり説明して『好きです、私と付き合ってください』って伝えればいい。
「好きなの……‼」
　だけど、それはできなかった。
　用意した言葉を伝えるには、余裕がないと無理だ。
　もちろんそんな余裕、私にはなくて。
　緊張しながら出た言葉は、飾(かざ)りっけなしの、そのままの気持ちだった。
　もっと言いたいことはあったのに。
　なんで隆平を好きになったかとか、感謝の気持ちとか。

いっぱい、告白の前に言うことがあったのに。
　　　なんで、これだけ出てきちゃうのよ……っ。
　　　泣きそうになる私に隆平は言った。
「俺も、沙良のこと好きだぞ？」
　　　パフェを食べながら普通に言う隆平。
　　　全然、伝わってないよ……。
「あのね、ちがうの。好きってのは……その……隆平と付き合いたいって意味の好きなの！」
　　　私はもう、伝えるのに必死で、ムードのある告白の方法を考えたりしなかった。
「ぶは！」
　　　そんな私を見て、隆平は噴き出す。
「ちょ……！　隆平、マジメな話！」
「わりぃわりぃ、わかってんだけどさ。こんな、パフェ食べながら告白って、なんかお前らしいなって思ったんだよ」
「なにそれ」
　　　色気ない、とか言いたいのかな……。
　　　こっちは本気なのに。
「まぁ、そういうところ、好きだけどな」
　　　楽しそうに笑う隆平。
「で……告白の返事は？」
　　　期待と不安が入り混じった複雑な気持ちで、隆平を見る。
　　　すると、彼は言った。
「ああ、俺もさぁ、すっげぇおもしろいこと今考えた！　だから、その答えはあとで言う」

「な、なにそれ。今言ってよ！」
　それじゃあ私、ずっとソワソワしてなきゃいけないじゃん。
「まあまあ、いいから待っとけよ」
　彼はそう言うとパフェをたいらげた。
　おもしろいことって……なんだろう。
　待つのはイヤだけど、彼がすごくご機嫌そうに言うから私は少し待ってあげることにする。
「それでフッたら、ビンタしちゃうんだからね」
「ん？　なんか言ったか？」
「べつになにも！」
　告白ってやっぱり難しい。
　だけど、初めて口にした"好き"という言葉は、とっても気持ちがよかった。
　……言えてよかった。
　ようやく伝えられた。
　あとは彼の返事を待つだけだね。

あとで、はもうない

「どうだったの、昨日？」
　次の日の朝、席に着くとさっそく梓に聞かれた。
「んっと、まぁ……告白しました」
「え!!　ちょっと早く教えなさいよ〜。結果は？　結果は？」
　もう、梓ったらこういうの、楽しそうに聞いてくるんだから！
「結果は……保留？　なんか、おもしろいこと思いついたから待ってろって言われた」
「なにそれ？　隆平らしいっちゃらしいけど。なにするつもりなんだろう？」
　梓は腕を組みながら考えこむ。
「わからないよ〜。私、そのせいで返事待ってなきゃなんだよ？　さんざん待ってフラれたら、本当ショックデカいよね」
「ん〜、隆平ってなに考えてるかわからないけど、おもしろいことってことは、期待してもいいんじゃないの？」
　それはそうかもしれないけど、不安の方が大きいよ。
「だって、意識されてなかったら……すぐに『ごめん無理』ってなるじゃん」
　不安っていうのは簡単に募っていくものだけど、簡単に消えるものでもある。

隆平とパチッと目が合った瞬間、ニコッて笑顔を見せられると、私の心の中にあった不安が少し消えるんだ。
　だから、私は隆平が言う"おもしろいこと"を伝えてくれるのを待っていた。

　でも……。
「ねぇ隆平〜、まだ言ってくれないの？」
「まーだ」
　隆平はなかなか返事をくれなかった。
　もう１週間以上も待っているのに……。
　なにをしようとしてるんだろう？
　そんなに時間がかかることなのかな？
「なぁ、暇だしゲームしようぜ」
「いいけど……ゲームならふたりも呼んでくる？」
　今は昼休み。
　私たちは先生の呼び出しをくらった帰りに、天気がいいので外に出て、芝生のある場所で話していた。
　言っとくけど、呼び出しも隆平のせいだからね！
「あーいいよ、ふたりでやるゲームだし」
「ふたりでやるゲーム？　なに？」
　私が聞くと、隆平はすぐに両手をグーに握りしめた手を見せてきた。
「どっちの手〜に入ってる？」
　なんだろう？
　アメでも入ってるのかな？

「うーん、迷うな……」
「ちなみに、沙良が負けたら俺の言うこと1個聞くのな」
「え、ちょっとズルいよ！　それならやらない！」
「じゃあ棄権(きけん)で失格だから、罰ゲーム」
　もう……。
　それじゃあ、やるしかないじゃんか……。
　隆平の手をじーっと見つめ、どっちに入っているか考える。
　見た目じゃ全然わからないからな……もういいや、直感だ！
「こっち」
　私は自分から見て右側を指さした。
　すると。
「ぶっぶー、ハズレ！　罰ゲーム‼」
　隆平が開いて見せた手には、なにも入っていなかった。
「うー、くやしい！　罰ゲームって？　ヘンなこと言わないでよ？」
「言わねぇよ、簡単なことにしてやるから。目つぶって」
　目……？
「なんで？」
「いいから」
「う、うん……」
　なんか緊張するなぁ。
　私はドキドキしながら目をつぶった。
　目の前はまっ暗になるけれど、気配で隆平が動いている

のがわかる。
「いいって言うまで開けんなよ?」
「うん……」
　っていうか、なんか……インクの匂いがするんですけど。
　そうわかった瞬間、隆平の手が私の手に触れてドキッとする。
「ちょ、なにさわって……」
　隆平が私の手になにかを書きはじめ、目を開けようとしたとき。
「できた!　いいぞ、目開けて」
　彼はそう言った。
　すぐに目を開けて手を見てみると、そこには……。
"バーカ"
　そうデカデカと書いてあった。
「ちょ……!　隆平‼　罰ゲームってこれ⁉」
「当たり前だろ、なに期待してんだよ、バーカ!」
　隆平のヤツ!
　もう許さない!
　私は立ちあがって全速力で隆平を追いかけた。
　あーあー、もう!
　これじゃあ、またいつものパターンだ。
　ふたりでぜいぜい言いながら教室に戻って。
「まーた、追いかけっこしてたの?　本当懲りないわね〜」
　梓に怒られて。
「まぁ楽しそうだし、いいんじゃない?」

満くんに笑われて。
「楽しいよねー」
　私たちは顔を見合わせてそう言う。
　友達から抜け出したい。
　でも、今のままでいたい。
　そんな気持ちがあるのもたしか。
　でもね……。
　彼に書かれた〝バーカ〟という文字にたくさん触れてしまうのは、やっぱり抜け出したいと思っている証拠だ。
「なぁ、沙良」
「ん？」
　すると、隆平は小さい声で言った。
「来週の卒業式の日、俺の気持ち言ってやる」
「え、本当？」
「ああ……だから、楽しみにしとけよ！」
「うん」

　しかし、隆平の気持ちを聞ける時は来なかった。
　卒業式の日、隆平は倒れて救急車で病院に運ばれた。
　数日前から調子が悪いと言っていた隆平。
　今日の朝もフラフラしていたけど、無理して卒業式に参加して……卒業生を送る歌を歌っているときだった。
　バタンッと音がして、いろんな人に囲まれ運ばれていく隆平を見たのは。
　私たちは式が終わったあと、すぐに満くんの席に集まっ

た。
「ねぇ隆平、大丈夫かな？」
「朝から熱あるかもって言ってたもんな」
　梓が言うと、満くんも心配そうに言った。
「でもさ、保健室じゃなくて病院行ったんでしょ？　それほど具合悪いのかな？」
　本当に心配で、今すぐ隆平のいる病院に駆けつけたかった。
　けど、まだ学校は終わっていない。
　卒業生を送るために、校舎の前で在校生みんなでアーチを作るイベントが残っている。
「まぁ、倒れたときに頭を打ったかもしれないから一応、病院に行ったんじゃないの？　朝も寝不足だって言ってたし、そんなに心配することじゃないでしょ」
　梓は言った。
　そうだといいんだけど……。
「沙良ちゃん、あんまり心配すんなよ。アイツはそんなやわじゃないし、スマホでメッセージでも送ったらまた、わりぃわりぃって言いながら学校に来るだろ」
「うん、そうだね」
　満くんもそう言うから、私はうなずいてメッセージを送ることにした。
《隆平、大丈夫だった？》
　隆平からの返事……今日聞けなかったけど仕方ないよね。

２日後の日曜日。
　隆平からスマホにメッセージが来た。
《平気だよ〜ん。でも熱出たから、また明日休むな》
　その文面を見て、少し安心した。
　でも、また熱……？
　隆平、大丈夫かな。
　安心と不安が入りまじって、よくわからない感情になる。
　でも、よかった。
　メッセージを読む限り、隆平は元気そう。
　今日は学校が休みで、満くんや梓に会っていなかったから、私はまた隆平のことで不安になっていたけど、少しだけ安心できた。
　隆平の気持ちは、また別の日に……伝えてくれるかな？
　これからも、みんなで学校で笑いあえますように。
　私は願うようにスマホを机に置いた。

　しかし、当たり前なことなんてない、とでも言うように、神様は私たちに罰を落とした。
　その日から、隆平が学校に来ることは一度もなかった。

第4章
言えるかよ

すべて消えた日

【隆平side】

　楽しいことが大好きだ。
　だからイタズラして、みんなに笑ってもらう。
　イタズラすると人は怒る。
　だけど、楽しそうに笑いもする。
　それが見たいから、俺は誰かにイタズラを仕掛ける。
　周りが楽しければいい。
　周りが笑っていれば、もっと幸せだ。
　しかし、それはすべて消え去った。

　1ヶ月くらい前から体のダルさを感じ、ここ数日は高熱が出ることもあった。
　だけど、症状（しょうじょう）が風邪のようなものだったから、あまり気にすることはなかった。
　貧血（ひんけつ）やらめまいやらも、ここ最近ひどかったが、それも風邪か疲れのせいだろうと思った。
　あとは見慣れないアザ……。
　体のあちこちに見慣れないアザができるようになったけど、俺のことだから、どっかでぶつけてできたんだと思っていた。
　だって、こんなに楽しい日々を過ごしていたんだから。

なにかあるなんて考えもしない。

沙良から告白された日、俺はルンルン気分で帰っていた。
「ふっ、好きだって俺のこと」

帰り際、ひとりでつぶやいた俺は、きっと顔がゆるんでいただろう。

いつもイタズラしている彼女に、今回もとっておきのイタズラで俺の気持ちを伝えてやろう。

ふっ、たぶんアイツ、見たらすげぇ喜ぶぞ。

顔まっ赤にして、でもうれしそうに、ありがとうって言うんだろうな……。

ワクワクしながら準備を済ませ、卒業式の日を待っていた。

でも、俺はその日、突然意識を失ってしまった。

目が覚めたら病院だった。
「あー、頭痛ぇ」

意識がはっきりしてきて誰もいない部屋を見渡す。

時計を見ると、4時30分。
「卒業式、終わっちまってんじゃん！ なにやってんだよ、俺」

今日やるのが一番いい伝え方だったのに、これじゃあ、ただのイタズラになっちまう。
「くっそー。沙良に伝えようと思って、ちょっと体調悪いのも我慢(がまん)して学校行ったのによー」

まぁいいか。

俺の気持ちは変わらないわけだし。
俺はそんなのん気なことを思っていた。
——ガチャ。
すると、白衣姿の医者と母さんが入ってきた。
「塚越隆平くん、体調は大丈夫かい？」
「はい」
つーか、早く帰ってみんなに大丈夫だって言ってやらなきゃな。
アイツら心配してるだろうし。
「キミには、大きな病院に移って検査をしてほしい」
……は？　検査？　大きな病院？
どういうことだ？
俺はただ、貧血で倒れただけだろう？
疑問に思っていると、母さんが深刻な顔で言う。
「検査しに行きましょう」
その顔はひどく疲れたような顔だった。
……どうかしたのか？

俺は３人にメッセージを送る暇もなく、母さんに連れられて別の大きな病院に移った。
「事情は先ほどの先生から聞いています。すぐに検査をした方がよさそうですね」
医者の言葉に疑問ばかりが浮かんでくる。
なんで、みんな焦った顔してんだ？
俺はすぐに着替えさせられ、さまざまな検査を受けた。

その検査が終わったのは夜遅くだった。
これじゃあ、アイツらに連絡はできねぇな。
ものすごい睡魔がやってきたこともあり、その日はすぐに眠ってしまった。

次の日は熱が出た。
本当は検査の結果が出るまで家に帰ってもいいはずだったが、熱が出たことで無理やり入院させられた。
こんなの、風邪のときはよくあることなのにな。
その日は1日中起きあがることができなくて、連絡は取れなかった。

次の日になって少し楽になってきたから、みんなに大丈夫だと送ることにした。
《隆平、本当に平気なんだね？　もう、心配したんだから》
《まったく、心配したんだからね！》
《じゃあ次に学校に来るときは、元気な顔見せてくれよ》
3人の返信を見て思う。
アイツら心配したよな。
熱が引いて学校に行ったら、なんかイタズラ道具持って謝ろう。

しかし、俺が学校に行ける日は来なかった。
次の日になって熱が下がると、俺は母さんと一緒に呼ばれ、医者と向きあう形で座らされた。

母さんはハンカチで目を覆っている。
なんだ……?
なにを言われるんだ?
「落ちついて聞いてください。検査の結果、隆平くんは白血病だということが判明しました」
白血病?
聞きなれない言葉に、眉間にシワがよる。
医者や母さん、周りの大人たちがひどく深刻な顔をしているのがわかった。
母親は涙を流して泣いている。
なんだよ、みんなして。
なんで、そんな顔してんだよ。
そして医者は俺にもわかるよう、その病気をわかりやすく説明しはじめた。
図のようなものを使って説明してくれるが、正直、全然頭に入らなかった。
俺の頭に残ったのは、医者の最後の言葉だけだ。
「今の隆平くんの病気の状況は、極めて進行が早い。このまま放っておけば、あと2、3ヶ月の命になってしまう」
頭の中が一瞬、考えることを放棄した。
ドクドクとうるさい心臓に呼吸がのっとられていく。
まるでやり方を忘れてしまったかのように、俺は不規則なリズムで呼吸を繰り返した。
2、3ヶ月?
なんだよ、それ。

なんの冗談だよ。

全然、笑えねぇよ。

俺をはめようとしてんのか？

あれだろ、ほらっ、イタズラだって言うんだろ？

俺がいろんなヤツにさんざんイタズラ仕掛けてきたから、今度はお前にってことだろ？

あとで冗談だよって、ネタバラシするつもりか？

ごめんね、とか言うの？

だけど、それだったら、お前……イタズラの仕方がなってねぇよ。

いいか、イタズラっていうのはな。

もっと、『ごめんな』って謝って許される程度のことをするべきなんだ。

されたときに心が温かくなって、『なんだよ、お前ー』って、みんなが笑顔になるような。

そうじゃなきゃ……ほら、これはどう考えても重すぎるだろ……。

「俺、死ぬのか……？」

初めて俺から出た言葉は小さくて、弱々しくて。

でも、俺の考えていたことをすべて消し去る言葉だった。

死ぬ……。

そんなこと信じたくないのに、心臓がいつもとちがう音でドクドク鳴っている。

うるせぇよ、動揺(どうよう)してんじゃねぇよ。

病院に来てるんだ、治るに決まってる。

「抗がん剤という薬を投与して様子を見ましょう。つらい治療にはなりますが、効果が期待できると思います。それで状態がよくならなければ、また別の方法を考えましょう」

　医者は、死なないとは言わなかった。

　すべてが消えた。

　すべてを失った。

　楽しかった学校生活も、アイツらと笑いながら過ごした日々も、これから過ごすであろう日々も。

　もう、すべてなくなった。

「あああ……っ」

　大声で泣きながら思い出したのは、3人の笑顔だった。

ウソ

　その日から、期間もわからない入院生活が始まった。

　医者の説明によると、抗がん剤という薬で体の中にある白血病の細胞(さいぼう)を殺すらしい。

「まずは体調を整えてから、そのあとで投与を始めましょう」

　どうやらこの薬はかなり強いものらしい。

　ただ、すぐに投与する必要があるので俺の生活は厳重に監視(かんし)された。

　自分の病気についてもあいまいな中、俺はぼーっとしながら、ただ3人のことを考えていた。

　結局できなくなってしまったイタズラ。

　アイツ、楽しみにしてたかな……。

　学校……行きてぇな。

　はっきりと余命を宣告されたわけではない。

　しかし、死なないと言われたわけでもない俺は、どうしたらいいのか自分では考えられなかった。

　ただ、重い病気にかかったということだけを実感して生きる。

　いつ治るかもわからない。

　また学校に行けるかすらもわからない。

　絶望のスレスレ。

　そんなところに立たされたとき、人は意外にも、なにも

考えないものだった。
「隆平、隆平」
　母さんの呼ぶ声で我に返った。
　ああ、また心がどこかに行っていたらしい。
「学校のことなんだけど……」
　母さんがそう言ったとき、俺はなにかから覚めたように反応した。
「言わないでくれ‼　病気のことは、学校に言わないでほしい」
　きっと長くなるであろう病院での生活。
　その間、学校に行けない理由を言わなくてはいけないけど、言ったら、アイツら心配しちまう。
　毎日、病院とか来られても困るしな。
　沙良なんか、すぐ人の心配してモヤモヤ考えちまうから、この事実は絶対に言わないでほしい。
「でも……先生やみんなも心配するわよ」
　母さんは、沙良たちのことを遠回しに言ってるようにも見えた。
「適当に言っといてほしい。病気じゃなくて、ちょっとしたケガで入院とか……そうやってごまかしといてほしい」
　俺が真剣に頼みこむと、少し考えたあと、わかったと言って部屋を出ていった。

　楽しいことが好きだ。
　人の笑った顔を見ていたい。

それは、なにがあっても変わらない。
　だから、最も大切な友達を悲しませることだけはしたくない。
　今の俺にある気持ちはそれだけだった。
　ぼやーっとした頭でそんなことを考えながらトイレに行った帰り、俺の隣の病室の前で泣いている女の人がいた。
「弘樹……」
　この部屋の人のお見舞いに来たんだろうか。
　このフロアは全部個室だから、中にどんな人がいるのかはわからないけれど。
　ハンカチで涙を拭いて、必死に泣いてないフリをしてから中に入っていく女の人。
　そして、中から聞こえてきた声は……。
「また来たよ、弘樹！」
　とても元気なものだった。
　そっか……。
　そのとき、俺は気づいてしまった。
　病気になったということ。
　それはもう、みんなを笑わすことができないんだということ。
　病気になったことを伝えたら、きっと３人に無理をさせてしまう。
　悲しいのを我慢して、無理やり作った笑顔を見せるかもしれない。
　涙はもう出なかった。

俺はすぐに自分の部屋に戻り、ベッドに寝て毛布にくるまった。

それから2日間、俺は誰とも連絡(れんらく)を取らなかった。

スマホはずっと電源を切ったままにして、ひたすら自分の体調がよくなることに努めた。

そのかいあってか、そろそろ抗がん剤の治療が始められるだろうと言われた。

だけど抗がん剤には、副作用(ふくさよう)と呼ばれるものがあるらしい。

吐(は)き気や粘膜(ねんまく)障害、髪が抜けるとかいったことがあり、精神的にもつらい。

そばにいてくれる人の存在が重要だと医者は言った。

そばにいてくれる人……か。

3人の顔が頭に浮かぶ。

いや、ダメだ……。

抗がん剤の治療が始まると、無菌室(むきんしつ)という場所に入らなければならないらしい。

そうなれば結局会えなくなるし、連絡どころじゃなくなるだろうから、やっぱりアイツらには言わない方がいいな。

さびしさを感じることはある。

でもそれもきっと、少したてばなくなるだろう。

そう思ったときだった。

──ガラガラ‼

ドアが勢いよく開いた。

「は……なんで」
　俺はそのドアを開けた人物を見て、思わず声を漏らした。
「隆平っ‼」
　だって、そこには沙良がいたから。
「なんで、お前……」
　そうつぶやいた声は、はずかしいほど小さい声だった。
「隆平のバカ‼」
　大きい声で叫ぶと、沙良はすぐ近くにやってくる。
「どれだけ心配したと思ってるの⁉」
　沙良の目には涙がたまっていた。
「スマホは全然通じないし……学校も来ないし……どうしちゃったかと思ったじゃん」
「お前、なんでここ……」
　沙良の勢いに圧倒されながらも、俺は聞く。
「隆平のお母さんから聞いたんだよ‼　先生に聞いても教えてくれないから、隆平の家に何度も行って……必死で聞いたんだよ。そしたら今日やっと教えてくれたから、すぐに来たの」
　涙をこぼす沙良を見て、俺の心臓がドキンと跳ねた。
　久しぶりの感覚が戻ってくる。
　沙良を見ると、イタズラを仕掛けたくなる気持ち。
　どうしよう、戻ってくる。
「こんな、病院に入院してるなんて……言ってくれればよかったのに。そしたらお見舞いだって、もっと早く来たのに」

だけど、もう前とはちがう。
　俺は、前の俺じゃない。
「母さんから聞いたの、場所だけか？」
　深呼吸をしてから聞いてみると、沙良はすぐに答えた。
「そうだよ、熱で入院してるんだって聞いたから、もうあわてて来たんだよ。今は？　もう元気なの？」
　……そうか。肝心なことは俺が決められるようにしてくれたのか。
　沙良に病気のことを知られてないことに安心して、俺はウソをついた。
「超元気‼　マジ退屈だったんだよ！」
　ウソは得意だ。
　だって、イタズラを仕掛けるためには、まずウソをつくから。
「もう、退屈だったんなら連絡くれればいいでしょー！」
「わり、スマホ壊れてよ。今、修理出してもらってんの」
「なんだ……でもよかった……隆平に会えて。怖い夢見たんだよ。……隆平がいなくなっちゃうんじゃないかって思ったの」
　不安そうに言う彼女を見て、愛しいと感じた。
　心がからっぽになったと思ったはずだったのに、俺はお前が来てから、いろんなことを感じている。
　久しぶりだな、とか。
　この顔が見たかった、とか。
　また泣きそうになってやがる、とか。

いろんな感情がよみがえってきて、つらい。
　思えば思うほど、病気になったことがイヤになる。
「それで、退院はいつなの？」
「知らん。そのうち退院できるんじゃね？」
　そうやってウソついて、沙良をだますことはできたけれど、自分の気持ちまではだますことができなかった。
「じゃあ退院したら、たくさん遊ぼう！」
　——ズキン。
「満くんと梓も、すっごい心配してたんだよ！」
　——ズキン。
　心が痛い。
　自分を心配してくれるヤツがいると、心が痛い。
　これから起こるであろう楽しいことを自分は体験できないんだと思うと、心が締めつけられる。
　遊びたい。
　もっと、お前らと一緒にいてぇ。
　ウソをついたのに、俺の心は全然だまされてくれなかった。

　沙良が帰ったあと。
　俺は、固まった心が溶かされたかのように泣いた。
「なんで……っ、俺なんだよ」
　なんで。
　自分はなにかしただろうか。
　重大な罪を犯しただろうか。

したことといえば、イタズラだけだ。
　もし、これがその罰だと言うのなら、重すぎやしないだろうか。
　ポタポタと涙を床にこぼしながら、俺はつぶやく。
「ウソだって言ってくれよ……っ。イタズラだって……言ってくれよ」
　神様はズルい。
　ズルかった。
　優しいイタズラでも、優しくないイタズラでもない。
　そしてウソでもない。
　事実を俺にそのまま突きつける。
「受けいれられるわけねぇだろ……」
　あんなに楽しかったのに。
　あんなに幸せだったのに。
　それが全部なくなるなんて。
　受けいれられるわけ……ねぇよ……。

吐き出した日

　次の日。
　医者に今日の夜から抗がん剤治療を始めることを伝えられた。
　今日の夜からか……。
　電源が切れているスマホを見つめる。
　すると、しばらくたって病室のドアが開いた。
　──ガラガラ。
「隆平‼」
「やっと会えた……」
「ここにいたのね」
　沙良と満と梓の３人が部屋にやってきた。
　来たのか……。
「もう……連絡くれないから、心配したじゃない」
「隆平、お前本当に大丈夫か？」
　真剣な瞳で言う梓に、心配そうに言う満。
「もう全然、余裕！」
　俺はみんなに心配かけないように、思いっきり笑って言った。
「あのあとすぐ、ふたりに言ったら、じゃあお見舞いに行こうって話になって、今日はいろいろ買ってきちゃった！ これ、隆平の好きな味が変わるガム。あと、ゼリーとか。体調平気？　これ食べられる？」

「ふっ、お前、お母さんみてぇだな」
　あくまでも普通に。
　今までどおりの俺でいれば、なにもバレることはない。
「で、退院はいつだって？」
　梓が俺に聞いてくる。
「それが、わかんねぇんだよなぁ〜。医者が教えてくんねぇの！　よくなってますねって言うばっかでよ」
　なにもおもしろくないのに、けらけら笑いながらそう言うと、3人はいつもの俺だと思ってホッとする。
「熱が引いたら退院ってわけじゃないんだね。もう5日も入院してるのに……ちょっと長くない？」
「ああ、なんかまだ原因がよくわからないから、念のためにいろいろ検査してるみてぇなんだ。でも心配すんなよ、すぐ退院してまたみんなにイタズラしてやるからよ」
　沙良の言葉に、俺は怪(あや)しまれないように、うまくウソを言った。
　退院はたぶん、ずっと先だ。
　もしかしたら、学校にはもう行けないかもしれない。
　それでも……ウソはうまくつけるから。
　もしも、俺の体がもうダメで……決心しなくてはいけない日が来たら、俺は盛大(せいだい)にウソをつく。
「イタズラはしなくていいから！」
「とか言って、さびしいんだろ？」
「そ、そんなわけないでしょ……！」
　大丈夫だ。

コイツらにだけは絶対、迷惑かけないようにする。

それから、しばらくみんなで話したあと。
「じゃあ、あんまり長くいるのもあれだし、帰ろうかな。一応、隆平も病人だしね」
沙良はそう言って立ちあがった。
「一応ってなんだよ」
コイツらの顔を見て元気になった気がした。
満と梓は4日ぶりで……。
たったそれだけじゃなにも変わらないのに、気持ちの変化が大きくあったからか、すごく懐かしく感じた。
「じゃあね隆平、また来るから」
「あんま来なくていいよ」
俺がそう言うと、沙良は口を尖らせて帰っていった。
「…………」
アイツらがいなくなった病室は、むなしいものだった。
幸せが一瞬で消える。
病気を宣告されたときの感情と少しだけ似ている。
ぼーっとドアを見つめていると、ガチャッとそのドアがまた開いた。
「満……？　どうしたんだよ？」
医者かと思ったらそこに現れたのは満で、真剣な顔で俺を見ている。
「忘れもん？」
俺がベッドの周りを見まわしながら言うと、満は首を

振った。
「そう言ってここに来たけど、忘れ物じゃない。沙良ちゃんと梓は先に帰ったよ」
　じゃあなんで、お前はここに戻ってきたんだ？
「もっと俺と話したくなったの？」
　茶化して聞くと、満は俺をまっすぐに見て言った。
「本当は、なんだよ？」
　……は？
「本当は、なんで入院してんだよ」
「いや、だから熱で倒れて、そっから……」
「今日のお前、おかしかったよ。普通でいようとしてたけど、やたら笑うし、テンション高いし。でも顔色、悪いし……たまにすごい苦しそうな顔する」
　言葉が出なかった。
「見てないと思ったか？　微妙な変化だったら、わからないと思ったか？　んなわけないだろ。苦しいっていうの丸わかりだよ。だってお前……今、昔の俺みたいな顔してる」
　満に指摘されたとき、熱くこみあげてくる感情が俺を支配した。
　ひとりで我慢して、張っていた糸がぷちんと切れる。
　こらえていた涙があふれだしてきた。
「……っ」
　知られたくない。
　迷惑かけたくない。
　だけど、この苦しみをひとりで背負うのは重すぎて、つ

ぶれそうになる。
　それでも仕方ないんだって、無理やり背負って。
　重くないフリして笑っていれば、周りには迷惑かけないんだから、それでいいと思ってた。
　でも……。
「見逃したりするかよ……お前が最初に見つけてくれたんだ。傷ついた俺を、お前が最初に救いだしてくれたんだ。そんなお前が苦しんでるのを、俺が見逃してやるわけないだろ」
「みつ、る……」
　仲間の言葉に、俺の意思は崩壊する。
　頼りたい。
　ひとりでいたくない。
　死と向き合いながら生きていく不安を、誰かに取りのぞいてもらいたい。
　気づけば、この苦しみから逃れようと、すべてを吐き出している俺がいた。
「俺さ……っ、病気になっちまったみてぇなんだ。簡単には治せねぇ病気。この先、生きてられるかもわかんねぇんだ……」
　拳を強く握ると、その上に俺の涙が落ちた。
「隆……平……」
　満は小さい声で俺の名前を呼ぶ。
　しかし、手は震えていた。
「イヤになるよな……」

こうやって、かけたくない心配をかけてしまうのがイヤになる。
「今日の夜からさ、無菌室っていう家族以外は入れねぇとこに入るんだ。だからもう……お前らとも会えない」
　これを言うことで、仲間を悲しませてしまうのがイヤになる。
「隆平……俺……」
　満は震える手をぐっと握りしめ、真剣な目で言った。
「ダチとして、なにがあっても絶対に支えてやる。お前が苦しいときもつらいときも、どんなときだって見放したりしない。今度は俺が……お前がしてくれたことを全力で返す番だ」
　本当に、イヤになる。
　人生はこんなにも残酷で、苦しいのに。
　こんなにも……温かいからイヤになる。
　イヤなことばかりじゃないこの世界。
　だからこそ、死ぬのが怖いって心が叫びだす。
　流した涙はもう、枯れそうだった。
　そのくらい、お互いに涙を流したあと、満はポツリと言った。
「梓と沙良ちゃんには……どうするんだよ」
　それが一番の問題だった。
　言いたくはない。
　ただ、隠しとおすことはできるだろうか。
「黙っててほしい。病院に来られてもきっと会えねぇから、

できれば、あんまり来ないように満から言ってほしい」
　俺がそう言うと、満は険しい顔をした。
「無理だろ、隠しとおすなんてできないよ。それに、あのふたりだって知りたいはずだよ」
「それでも俺は教えたくない」
　とくに沙良には。
　なにも知らないでいてもらいたい。
「沙良ちゃんは……お前と連絡が取れなかった間、ずっといろんな人に聞いてまわってたよ。隆平の居場所を知らないかって。毎日不安そうな顔して学校に来て、スマホも何度もチェックして。だけど、先生は教えてくれないからって、おばさんに会えるまで隆平の家に何度も行ったらしい。それほど、お前のことに必死になってたんだよ」
　満は苦しそうな顔をして言う。
「……昨日だって、隆平に会えたんだって、すっげぇうれしそうな顔で話してくれた。やっぱりさ……言った方がいいよ」
　言えるかよ。
　病気になったなんて、どんなに悲しい顔させるかわかんないじゃねぇか。
「それにお前……沙良ちゃんのこと……」
「満、それはもう終わったんだ。沙良には電話で言う。だから……病気のことは黙っててくれ」
「隆平……」
　うつむきながら言う満を見て、俺は目をそらした。

これが運命ってやつなんだ。
　あのとき、沙良の告白をすぐに受けいれなくてよかった。
　イタズラしてからって、俺らしい考えが浮かんでよかった。
　でも……アイツ待ってただろうな……。
　自分の気持ちはすべて内側にしまいこんだ。
　もう一生、恋心を出すことはしない。
　病気の俺と付き合っても、沙良は幸せにはなれないからな……。
　俺は満が帰ったあと、すぐに沙良に電話をかけることにした。

第5章
支えたい

告白の返事

【沙良side】

　大切な人ができると、人はその人のことを、自分以上に大切にしようとするらしい。
　だからこそ、助けあう人がいる。
　だからこそ、苦しみを分けあって半分こする。
　大切な人が苦しんでいるとき、気づいてあげられる自分でいたい。
　笑顔を与えられる人になりたい。
　きっと誰だってそう思う。
　守りたい、その笑顔を。
　返したい、救ってくれた気持ちを。

　家に帰ると、すぐにスマホが震えた。
　画面を見ると、そこには隆平の名前が表示されていた。
「もしもし隆平⁉　スマホ直ったの？　戻ってきたの？」
『ふっ、ちょっと落ちつけよ』
　隆平にそう言われ、質問攻めにしたことを反省する。
　だって、隆平と電話をするのは久しぶりなんだもん。
　それに、まさか彼の方からかけてくるなんて思わなかったし……。
『スマホな、今戻ってきたの。だから、お前に電話しよう

と思って』

　その言葉に私の顔は熱くなった。

　うれしいな。

　昨日まで連絡が取れていなかったからか、隆平と別れるとさびしくなっちゃって、すぐに会いたくなる。

　だから電話が来て……声が聞けてすっごくうれしかった。

「でも隆平から電話なんて、なにかあったの？　言いたいこととか？」

『あーまぁ、そんなもん』

　彼の言葉になんだろうと首をかしげると、隆平はひと呼吸置いてから言った。

『あのさ、卒業式の日に、お前の告白の返事するつったじゃん？』

「あ、そうだ!!」

　そうだった。

　あれから隆平と連絡が取れなくなったから、焦って忘れてた。

『今日はみんな来ちまったからさ、電話で言おうと思って』

「う、うん……」

　私はごくりとツバを飲みこんだ。

　ドキドキしながら待っていたその日。

　隆平が倒れてしまって返事は聞けなかったけど、楽しそうにおもしろいこと思いついたって笑っていたから、私は少し期待してしまう。

なんて言われるんだろう……。
　緊張して待っていたら隆平が言った。
『やっぱさ、お前とは友達でいるのが一番だと思うんだよな』
　スマホ越しに聞こえてくる声は陽気で、いつもどおりの隆平だった。
『気が合うけどさ、付き合うとか、そういうふうには見られねぇわ』
　そう……なんだ。
　チクチクと胸が痛くて苦しくなる。
　期待は簡単に崩されて、やがてそれはむなしさに変わる。
『だってお前、色気ねぇし～』
　だけど、隆平が一方的にベラベラと話してくるから、私は落ちこんでいることを悟られずに済んだ。
「……によ」
『え？』
「なによそれ～！　色気ないとか、隆平に言われたくないし‼」
　私はワザと明るい声を出して、いつものように隆平に怒った。
　隆平は私と……こういう関係でいたいんだよね。
　友達でいたいってことだよね……。
　期待した私がバカみたい。
　いつ答えをくれるんだろう、伝えてくれるんだろうって待っていて。

梓の『期待してもいいんじゃない？』って言葉も真に受けて。
　もしかしたら、いい返事が聞けるのかも……なんてワクワクしながら待っていた。
　私は隆平の"特別"になりたかったよ。
　みんなの前ではいつもどおり話すけど、ふたりきりになったら"好きだよ"って特別な言葉を伝えあうの。
　そんな関係になれたらいいなって思って、待ってたよ。
　だけど……。
　私と隆平は友達。
　隆平はそれを選んだ。
　私たちは、"特別"にはならない関係なんだ。
『まぁさ、そういうことで』
「うん、そうだね……」
　だったら、せめてすぐに言ってほしかったな。
　期待なんてさせないでほしかった。
『あとさ……』
「ん？」
『もう、お見舞い来なくていいから』
　え？
「どうして？」
『人が来ると、ちっと疲れんだ』
「……そっか、ごめん。気づかなくって」
　今日、私たちが行ったことで隆平に無理をさせた。
"会いたい"の一心で、隆平の体調も考えずに病院に行っ

てしまった。
　自分勝手だったよね……。
　そこから、私たちの会話はだんだん途切れ途切れになっていった。
『わりぃな、じゃあ、そういうことで……』
「うん。じゃあ、また」
　いつもだったら、『また明日ね』って言って電話を切るのに、今日は言えなくて。
『また……』とだけ言って電話を切った。
　隆平は、これからの話をしてくれなかった。
　退院するまでは会いに来ないでほしい、ということなんだろうか。
「隆平……」
　なんだか距離が離れてしまったかのような気分になって、私は電話を切ったあと小さくつぶやいた。
　明日も隆平のいない学校に行って、また少しさびしくなって。
　家に帰ると会いたくなるんだろう。
　それでも……。
『人が来ると、ちっと疲れんだ』
　負担をかけたくないから、会いには行けない……。
　私はそのままベッドに横になり、気づけば眠りについていた。

　そして次の日。

第5章 支えたい 155

　今日は終業式だ。
　登校すると、さっそく梓と満くんが私の席に来た。
「おはよう」
「おはよう……ってあれ、満くん、その顔どうしたの？」
　満くんの顔を見て驚いた。
　目がパンパンに腫れていたから。
「あ……昨日さ、すごい感動する映画見ちゃってさ」
　へぇ、男の子でも目を腫らすくらい泣くんだなぁ。
「あ！　昨日、隆平のところに忘れ物、取りに行けた？」
「おう、少し隆平とも話してさ。アイツ……病院にはあんまり来てほしくないって言ってた」
「私もそれ言われた……」
　満くんの深刻な顔を見ながらつぶやくと。
「やっぱり、ちょっとうるさくしちゃったかな……。じゃあさ、退院してから盛大に祝ってあげた方がいいかもね」
　梓は意外そうな顔をしながらそう言った。
「うん、そうだね」
　しばらくは病院には行かずに、隆平の体調がよくなるように祈ろう。

　それから終業式やHR（ホームルーム）が終わり、午前中のうちに解散になった。
「みんなと一緒にいられるのも、もうあと1年なんだね。学校生活、めいっぱい楽しもう‼」
　私の言葉に梓も言う。

「そうだね!　受験とかあるけど、ちゃんとみんなで遊ぼうね!!　……満?」
「…………」
　今日は、やけにぼーっとしている満くん。
「ちょっと、まだ寝てるの?　人の話聞いてる?」
「わりぃ、そうだな……みんなで思い出たくさん作ろうな」
　なんか元気ない気がするけど、大丈夫かな?
　それから3人でお昼を一緒に食べて、その日はまっすぐ家に帰った。

　春休みが半分くらい過ぎても、隆平に言われたとおり、みんな病院には行かずに過ごしていた。
　私もそうしようと思ったけれど……まだ隆平から退院の連絡はない。
　やっぱり気になってしまって、病院行きのバス停まで向かった。
　会わなくてもいい。
　なにか買って置いてきてあげるくらいなら……隆平の負担にはならないよね。

　バスに揺られること30分。
　病院の最寄りのバス停で降りて近くのコンビニまで行くと、私はいろいろ買ってから大きな病院まで歩いた。
　そして、隆平の病室の前まで行って中をのぞくと、そこには隆平はいなかった。

あれ……なんでいないんだろう？
　不思議に思って受付で聞いてみると、看護師さんが教えてくれた。
「塚越さんは今ご家族以外、面会不可になっています。ガラス越しにお顔を見ていただくだけならできますが、お会いになりますか？」
　……ガラス越し？
　どういうことだろう。
　意味がわからず、ただ「はい」とだけ答えると、看護師さんは隆平のいるところに案内してくれた。

　しかし、私はその部屋を見て驚いた。
　隆平……？
　ガラスで囲まれた部屋で、中には複雑な医療器具が入っている。
　あとは、生活するのに必要最低限のものしか置かれていないみたい。
　これって、本当にただの熱なの……？
　私は違和感を覚えた。
　状況が理解できないまま隆平を見ていると、吐き出したり苦しそうにしていて、絶対におかしいと思った。
　顔色もとても悪くて、つらそうだ。
「塚越さん、がんばってくださいね」
　そばには看護師さんがいて、ガラス越しにそんな声が聞こえてくる。

吐いているのに、見て声をかけるだけ？

違和感はどんどん募っていく。

不安になって、立ちつくしていると。

「あ……」

そこに隆平のお母さんがやってきた。

私の顔を見て、しまったという顔をしている。

「あの、おばさん……これ、どういうことですか？　ただの風邪じゃないですよね？」

「沙良ちゃん、少しお話ししましょうか」

おばさんはそう言って、私を椅子があるところに案内した。

「隆平はね……病気なの」

そして、おばさんが言いにくそうに口にしたのは、そんな言葉だった。

　……病気？

ドクン、ドクンとイヤな鼓動が胸を打つ。

なにを言ってるの？

これは本当に隆平のことなんだろうか。

「白血病といってね、完治が難しい病気で、治療も過酷なものなの。ああやって無菌室っていう隔離されたところで、薬を飲んで治療しなくちゃいけない。今は家族以外はあそこには入れない状態なのよ」

白血病……？

そんな……。

頭がまっ白になる。
どうしよう。
なんだか怖いものが一気に襲いかかってくるような感覚だった。
怖い、怖い。
この先のことを聞くのが怖い。
「じゃあ、さっき吐いてたのは……？　それも病気のせいで……？」
「いいえ、今吐いてるのは病気ではなくて、薬の副作用。それに耐えないと体の中の病気を消すことはできないのよ」
副作用？
聞きなれない言葉ばかりが出てきて、頭がフリーズする。
「この治療は精神的にとてもつらいものなの……。だけどあの子、迷惑かけたくないから、みんなには言わないでほしいって聞かなくてね……」
涙ぐみながら話すおばさんの話を、私はほとんど理解することができなかった。
いや、たぶん理解はできている。
だけど、その事実を理解したくないって体が叫んでる。
「ごめんなさいね、つらいことを話してしまって……ちょっと涙拭いてくるわね」
おばさんは立ちあがるとトイレに向かった。
「白……血病……」
その場に残された私はポツリとつぶやく。

この病気の名前は聞いたことがあった。
　お母さんのお友達の旦那さん……1年前に亡くなってしまった方が、白血病という病気だったと聞かされた。
　初めて話を聞いたとき、私は涙を流したのを覚えている。
　38才という若さでも、その病気にかかるとあっという間に命を奪われてしまう、とても怖い病気なんだと思ったことを思い出す。
　そんな病気に、隆平がかかったなんて……。
「ウソだ……絶対ウソだよ……」
　動悸が激しくなる。
　ドクドクと心臓がイヤな音を立てて私を支配する。
　そんなはず、ないよ……っ。
　病気なんてウソ……。
　絶対なにかのまちがいだよ。
「イヤだ……イヤだよぅ……」
　ウソだと言って。
　イタズラだって言って。
　だってこれが本当なら、人生はなんでこんなにも残酷なんだろう。
　神様はなんで、こんなにもイジワルなんだろう。
　私の大好きな人。
　人にたくさんの笑顔を与えてくれる……そんな人から、笑顔を奪うなんて。
　これほどまでに残酷なことって、あるんだろうか。
「……っ、う……」

泣き崩れた私の背中を、戻ってきたおばさんがさすってくれる。
「迷惑じゃなければね、あの子の力になってほしいの。隆平は隠したがってたけど……ひとりじゃ、きっと耐えていけないから」
　たくさんのことをしてくれた彼に、私ができること。
　まだ、なにも伝えられていない。
　まだ、なにも返せていない。
「協力させてください……っ。隆平と……一緒にいさせてください……」
　どうか、彼の命だけは奪わないで。
　私は涙を流しながら、おばさんの手を握った。

初めて聞いた本音

　次の日。
　私は満くんと梓に会う約束をしていた。
　目の腫れを冷やして待ち合わせ場所に行った私。
　ふたりは「なにがあったの？」と心配してくれたけど、私は「なんでもないよ」と笑ってみせた。
　本当はふたりにも言いたかったけど、これは独断で決めていいことじゃないと思ったから、私はずっと黙っていた。

　それから私は、隆平のお母さんから隆平の体調がよくなったと連絡が来るのを待っていた。
　そのうちに学校が始まり、私たちは3年生になった。
　3年生の教室に移動すると、ついに最高学年になったんだなって実感する。
　けど、隆平の席は空席のまま……。
　ぽっかりと空いてしまった穴を私は埋められずにいた。

　そして、新学期が始まって1週間後。
　抗がん剤投与が終わり、少し副作用も落ちついてきた、という報告を隆平のお母さんから受けた。
　隆平と話がしたいと言ったら、家族以外は入れない無菌室だけど特別に入れるように病院に頼んでみる、と隆平のお母さんは言ってくれた。

きっと、隆平の力になってくれるから、と。

その日、私はさっそく病院に向かった。

放課後、病院行きのバスに乗りこむと、今日隆平と話すことを考えた。

病気だと聞かされた日、私は泣きながら帰ったあと、すぐに隆平の病気について調べた。

調べれば調べるほど恐ろしくなって、また涙が出てしまった。

だけど、支えるって決めたから。

今度は私が、隆平にしてあげられることをしたい。

こんなことで、怖くなってはいけないと自分を奮い立たせた。

隆平の方がもっと怖いんだ。

私がしっかりして、笑わせてあげなきゃ。

バスが着くと、私はそのまま病院に向かった。

この前泣き崩れた病院は、なんだかトラウマになりそうなほどイヤな空間だった。

隆平のいるところまで行くと、おばさんがいて「入っても大丈夫よ」と言ってくれた。

不安が募ってドクドクと心臓が響く。

無菌室に入るための準備をして、看護師さんのOKが出てから中に入ると、隆平は苦しそうに咳きこんでいた。

なんだか、この前よりも顔色が悪いように見える。

それだけ、つらい治療だったのかもしれない。

「げほ、ごほ」
　ぐっと強く目をつぶりながら苦しさに耐えている隆平を見て、ぎゅうっと胸が締めつけられる。
「隆平……」
　隆平の顔を見た瞬間。
　涙があふれそうになった。
　やばい、もう泣きそうだ。
　まだ名前を呼んだだけなのに、すごく苦しそうな彼と目が合うと、目の奥（おく）が熱くなる。
　つらいのに、苦しいのに……こんな大きなものを、ひとりで背負おうとしてたんだ。
「沙良……」
　誰にも言わず、ひとりで。
　私たちに迷惑をかけないために。
「げほ、げほ」
　そんなこと、できっこないのに。
　彼は自分以外が笑顔でいられないことを、ひどくイヤがるんだ。
「なんだよ、お前〜。来なくていいっつったのに、また来たの？　お前、本当に俺のこと好きなのな？」
　こうやってワザと明るい口調で言って。
　もうきっと、私にバレていることはわかっているはずなのに。
「なに心配そうな顔してんだよ。さっきのはあれだよ、母さんがくれたまんじゅうを久々に食えるってんで頬ばった

ら、喉につまっちまってさ」
　ヘンなウソついて、なにもないような顔して。
「やっぱ勢いよく食うもんじゃねぇな、まんじゅうは」
　無理やり笑って、つらいことを隠してる。
「沙良、どうしたんだよ。今日、元気ねぇな」
　自分が一番苦しいはずなのに、誰かに頼りたいはずなのに……そうやって、彼はいつも人のことを考える。
　情けない。
　好きなら、なんで気づいてあげられなかったんだろう。
　ずっと一緒にいたくせに、どうしてそんなウソがわからなかったんだ。
　本当に情けなさすぎる。
「ごめんね……隆平……」
　ポロポロ涙を流す私を、隆平は苦しそうな顔で見る。
「ごめんって、なんだよ～。だからさ、これは……」
　バレているってわかっているくせに、それでもウソをつこうとする隆平。
「聞いたんだよ……全部。もう全部、知ってるの……」
　さんざん泣いたって私の涙は全然枯れてくれない。
　目から流れ出る涙をぬぐって隆平を見たら、泣きそうな顔をしていた。
「白血病だって……おばさんから聞いた」
　隆平の握る拳が強くなる。
　もう無理に笑ったりしないでほしい。
　ひとりで闘(たたか)わないでほしい。

そんな気持ちをこめて彼の手を握っても、彼はパッと手を払って言うんだ。
「ま、病気っつったってさ、そんな重いものじゃねぇし、深刻に考えることはねぇよ。治療して治れば、退院してまた学校に行けるわけだしな。あ、でも、そしたら俺、単位やべぇから、そのときはノート見せてくれよ？」
　そうやってごまかして、またひとり、つらい思いをする。
　お願いだから、もう強がらないで。
　ひとりで重いもの、背負おうとしないで。
「隆平……私、イヤだよ。なにもできないの。……いっぱい笑わせてくれた隆平に、自分はなにもしてあげられないなんて、イヤだよ……」
　隆平の病気のことを聞いた日。
　強い悲しみと後悔に襲われた。
　なんであのとき、退院したらたくさん遊ぼうなんて、軽いこと言ったんだろう。
　どうして、彼の"大丈夫"という言葉を信じたんだろう。
　熱にしては、長すぎる入院だと思った。
　違和感は感じてた。
　それなのに、なんで受け流したりしたんだろうって。
「みんな同じだよ……」
　隆平は、私たちにとって大切な人。
　大好きな友達を見捨てたくない。
「みんな、隆平と一緒にいたいんだよ……」
　今まで過ごしてきた楽しい日々。

隆平がいなかったら、きっと満くんと仲よくなれてなかったんじゃないか。
　こんなにも学校生活が楽しいって、思わなかったんじゃないかって。
　ずっとずっと思ってた。
　まだその感謝も伝えられてない。
　なにも返せてないのに、一緒にいられないなんて……。
　そんなの絶対にイヤだ。
「隆平……私だって支えたいんだよ」
　好きな人を支えたいって思うのは当然のこと。
　大事な人には、自分より幸せになってほしいって思う。
　だから私……そばにいて支えたいんだよ。
　もらってばっかりはイヤ。
　知らないのもイヤ。
　そんな気持ちをこめて、またぎゅっと彼の手を握ったら、隆平は今度は振り払わなかった。
「俺だってさ、お前らにいろいろ感謝してんだぜ？　だから、こういうのに巻きこみたくねぇの。本当は、ずっと気づかなければいいって思ってたんだけど」
　そう言って遠くを見つめる隆平。
「まぁ、聞いちまったもんはしょうがねぇな。そしたら全部忘れてさ、学校生活に集中してくれよ」
　知らなければ幸せだったって言葉がある。
　それは本当にそうだろうか。
　気づかなければ、悲しむことはない。

気づかなければ、笑っていられる。
　だけど、それが本当の幸せなんだろうか。
　知らないところで大切な人が傷ついている。
　悲しんでいる。
　それが本当の幸せだと言えるんだろうか。
　いや、言えない。
「この世の中で一番つらいことは、大切な人の苦しんでる姿を知らないことだよ」
　知らないことは不幸だ。
　だって、なにもしてあげることができないのだから。
　気づかなかったら、一生後悔するに決まってる。
「どんなに迷惑かけられたっていい。一緒にいたいの……」
　伝わるだろうか、この気持ち。
　私たちの想い。
　そして、私の隆平に対する想い……。
　私は目に涙をためながら、真剣に隆平を見た。
　——ぎゅう。
　すると彼は、私の手を少し強く握ったような気がした。
「俺も……お前らとずっと一緒にいてぇよ……。学校で、ずっと一緒に楽しく過ごしたかった」
　初めて隆平が話した本音。
　それは不安そうで、弱々しくて、私は思わず抱きしめたくなった。
「こんな病室でひとりは、苦痛すぎて、生きてくのもイヤになりそうだ」

震える彼を包みこめるだけの包容力があったらいいのに。
　　今の私は、そんなしっかりとしたものは持っていなくて、言葉をかけてあげることしかできなかった。
「ひとりじゃないよ、みんな隆平に会いに病院に来るよ。だって、隆平のこと大好きだから……っ。お前がいないとやっぱつまんねぇなって、満くんなら言うよ。梓は、きっと冷めた口調で、早く元気になりなさいよって言うよ。みんな隆平のこと支えたいんだよ……っ」
　　ボロボロになった顔でもかまわない。
　　涙をぬぐうのすら忘れて隆平を見たら、彼は顔を上げて言った。
「泣きすぎだ、バカ」
　　そして私の涙を優しい顔でぬぐってくれる。
「じゃあ……そばにいてくれ。お前らがそばにいてくれたら、俺もうれしいから」
「うん」
　　私はこくりとうなずいた。
「ごほ、ごほ……」
　　その瞬間、隆平は苦しそうに胸を押さえた。
「隆平、大丈夫!?」
「ああ、大丈夫だけど……わり、今日は帰ってもらってもいいか？」
　　いろいろな話をして、疲れさせてしまったかもしれない。
「うん……また来るから」

「おう」
　私はこれ以上、疲れさせないように病室を出た。
　とりあえず、私の気持ちは話すことができた。
　あとは……言いづらいけどふたりにも言って、今私たちになにができるか考えなくちゃ。

　そして、次の日。
　私は学校に行くとすぐに、梓と満くんを空き教室に呼び出した。
「今日はふたりに話があるの」
　真剣な顔でふたりを見る。
「あのね……」
　ひと呼吸置いてから、ゆっくり隆平のことを話すと、それを聞いた梓は涙を流しながらうつむいた。
　満くんは、うなずきながら私の言葉に耳をかたむける。

　最後まで話し終えたとき、泣き崩れてしまった梓を落ちつかせながら、満くんは言った。
「俺も……実は知ってたんだ」
　え？
「忘れ物を取りに行ったあの日、隆平の様子がおかしいと思って、ふたりきりになって問いつめたんだ。そしたら……病気だって打ち明けられて。だけど、隆平から、沙良ちゃんと梓には言わないでほしいって頼まれた」
　そっか、満くんは私よりも先に知ってたんだ。

「…………」
　沈黙する私たち。
「だけど、それはちがうよな」
　それを破ったのは満くんだった。
「悩む必要なんてないんだ。みんな同じ気持ちなんだから。隆平を支えたいに決まってる」
「うん」
　一緒にいたい。
　支えたい。
　だって、私たちの大事な友達だから。
「昨日ね、隆平に自分の気持ちを言ってきたの。そしたら、隆平も支えてほしいって」
　梓をなぐさめながらニコッと笑うと、彼女も涙をぬぐって言った。
「そうだね、支えよう。一緒に病気と闘ってあげよう」
　ぎゅっと手を握る。
　不安で震えている手は、ひとりじゃ弱々しいものだけれど……。
　――ぎゅっ。
　満くんも、私たちの手の上に自分の手を重ねる。
　人が集まれば集まるほど、この手は強くなる。
　震えがおさまった手を力強く握り、みんなで一緒に支えようと決意をすると、私は少し強くなれた気がした。

副作用

　それから1週間後。隆平からうれしい連絡があった。
　それは……。
　検査の結果がよくなったから、一般病室に移れることになった、というもの。
　これで、やっとみんなで会いにいける。
　また全員そろうことができる。
　隆平が不器用ながら、《まぁ、暇だったらみんなで来れば？》なんてメッセージを送ってくるから、くすりと笑った。

　そして学校が終わるとすぐに、私たちは隆平のいる病院に向かった。
　午後4時。
　もっと早くに来たいところだけど、学校が終わってどんなに早く出ても、この時間が限界だった。
「隆平、みんなで来たよ！」
　――ガラガラ。
　病室に入った瞬間、うつむいていた顔を上げる隆平。
「おう、よく来たな」
　そう言う隆平の声は元気だけれど、顔色はあんまりよくなかった。
「梓、ごめんな。お前ビックリしたろ？」

「当たり前じゃない、私にだけ教えないなんて、ひどいわよ……」
「みんなに言うつもりなかったんだけどな。コイツらふたり、しつけぇから。イヤだ、イヤだ」
　なんて、おちゃらけて隆平が笑うから、私たちも学校での出来事を話すと、楽しそうに聞いていた。
「数学の先生のカツラ取るの、俺の役目だからなぁ。先生、さびしがってるんじゃねぇの」
「もしかしたら、物足りないって思ってるかもね」
「だろ〜？　やっぱ学校には俺がいな……」
　そうして普通に話をしていたとき、隆平は急に口もとを押さえ、備えていた洗面器に吐きだした。
　ビックリして固まってしまう私。
「う……わりぃな、本当」
　満くんが背中をさすり、隆平の気分を整える。
　すると隆平は深呼吸して落ちついてから、小さな声で言った。
「沙良、気分悪くなったら無理にここにいなくていい。検査でいい結果が出たとは言え、まだ薬の副作用でこうなっちまうんだ」
　気分なんて悪くなってない。
　ただ、すぐに体が動かなかっただけだ。
「気分なんて悪くな……」
「梓、沙良と一緒に外に行ってあげて」
「う、うん」

しかし、隆平は梓にそう言って、私を連れ出させた。
　　梓に手を引かれながら、外まで来た私。
　　外にあるベンチに腰かけると泣きそうになった。
「気分なんて悪くなってないのに、普通だったのに……」
　　涙声でつぶやくと、梓が言う。
「沙良……手、震えてる。たぶん、隆平が一番に気づいて言ってくれたんじゃないの？」
「……っ……う」
　　涙はポタリ、ポタリとこぼれて私の手に落ちた。
「うう、本当は怖かったの……っ、いきなり隆平が苦しみだして……すごく怖かったの……」
　　薬の副作用。
　　調べて知識はあった。
　　前に無菌室の外から隆平がそれに苦しむ様子も見たことがあったけれど、実際に目の前にすると、私は心の底から怖くなった。
「なにもできなかった。一歩も動けなくて、ただ体が震えて……どうしようって……」
　　甘く見ていたかもしれない。
　　さっき、私は隆平を見るのが怖くなって息をのんだ。
　　震える手を、思わずうしろに回した。
　　隆平には心配かけないようにって思ってたのに、結局あんなこと言わせて……。
「私、本当に合ってたのかな？　支えるなんて簡単に言って。怖がってるくせに、そばにいてもいいのかな……っ」

大丈夫、大丈夫って必死に自分に言い聞かせてきた私を、それは簡単に崩した。
　手が震える。
　涙が止まらない。
　こんな弱い私が彼のそばにいるなんて、逆に……。
「沙良‼　誰だって怖いんだよ！　私だって、さっき動けなかった。だけど……そばにいなきゃ、あの苦しみを全部、隆平が背負うことになるんだよ？　そんなの……もっともっと苦しいよ‼」
　私は大きな声を出して言う梓に驚いた。
　梓はあまり感情的になる方ではない。
　こんな梓、初めて見たよ……。
　私の手を強く握って、涙をためた瞳で私を見た梓。
　その目は少し腫れていた。
　１週間前、隆平の病気のことを初めて聞いた梓。
　彼女だって、そんなにすぐに受けいれることはできない。
　怖いのは、みんな同じなんだ。
「ごめん梓……そうだよね。落ちついたら隆平の部屋、戻ろ」
「うん」
　気持ちはすぐに強くはなれない。
　それでも、彼のそばにいてあげられる限り、その苦しみを分け合えるのはたしかだ。

　それから１ヶ月。
　私たちは学校のあとに隆平のいる病院に通い続けた。

「隆平、来たよ」
　相変わらず隆平は病気と闘っていて、顔色はあまりよくない。
「ごほ、ごほ……おお、さんきゅー」
　それに……。
「おい、見ろよこの帽子。かっけぇだろ？　最近のはやりは、やっぱり帽子だよな」
　隆平の髪は薬の副作用のせいか、今ではすっかり抜け落ちていた。
　変わっていく自分が怖いはずなのに、それでもこうして笑顔を崩さない。
　つらいときはつらいって言ってくれてもいいのに、いつも元気な姿を見せるんだ。
「似合ってる、カッコいいよ」
「だろ？　だって俺がかぶってんだからな、当然……うっえ……ごほげほ」
「隆平、大丈夫？」
　洗面器に吐きだした隆平の背中をさする。
　あの日、私は怖くて動けなかったけれど、今は少しずつ慣れてきた。
「少し横になる？」
「ああ、じゃあ、そうしようかな」
　たまに、本当にこれで病気がよくなっているのだろうかって心配になるときもあるけれど、私はネガティブな思考を振り払うように話を変えた。

「今日はね、梓と満くん、委員会で遅くまで仕事なんだって。図書委員なんだけど、楽だと思ったらかなり忙しいらしいの」
「そーなんか」
「隆平のとこ行きたいのにって、言ってたよ」
「サボんなよって言っとけ」
　ニコッと笑顔を見せる隆平に、私も笑顔を見せる。
　すると、彼は小さい声で言った。
「お前は、疲れてねぇの？　学校終わってから来んのも大変だろ？　べつに毎日来なくたっていいんだぞ？」
「大変じゃないよ、会いたいんだもん……」
　たぶん、最後の言葉は隆平よりもっと小さい声。
　すると、彼はふっと笑って私の頭をなでた。
　——ドキン。
「ふたりなの、久しぶりだな」
「うん」
　ドキドキと心臓が音を立てる。
　つくづく思う。
　同じ心臓の音でも、普通のとき、イヤなとき、うれしいとき。
　全部、音がちがうんだって。
　隆平の手は前より痩せていて骨張っているけれど、安心するのは変わらない。
　やっぱり……好きだ。
「ごめんなー、なんか」

「なにが？」
「んー、いろいろ？」
「いろいろってなによ」
「いやー、この病室にオバケがいるっつーのに、来させちまってさ」
「え‼ ちょ、オバケいるの⁉」
　　ちょっと待って‼
　　私、オバケ苦手なんですけどっ‼
「ああ、いるよ。いっつもな、誰もいないのにドアが開くんだよ。そして、そっちを見たら髪の長い女の人が……」
「キャー‼」
　　私は病院だということも忘れて、叫びながら隆平にしがみついた。
　　すると。
「く……ははははっ！ 沙良、超おもしれぇー‼」
　　いきなり笑い声をあげる隆平。
「ウソに決まってんだろ〜。やっぱ、これがなきゃ毎日つまんねぇわな」
　　な、ウソだったの⁉
「ちょ、隆平のバカー‼」
　　私は隆平の肩をポカポカたたいて怒った。
　　もう、イタズラ好きは本当に変わってないんだから。
　　怒りつつも、彼のそんな様子を見て安心する。
　　少しは元気になってくれたかな？
「すげぇ好きだよ、お前のそういうところ」

——ドキン。
　私もすごく隆平が好き。
　だけど、彼のはそういう意味の"好き"ではないから。
「はいはい、ありがとう」
　そうやって流して、私の気持ちは無理やり奥にしまった。
　友達でいたいって言った隆平。
　それなのに、私がまた好きだって気持ちを出しちゃったら迷惑になるもんね……。
「隆平、自販機で飲み物買ってくるね。なにがいい？」
「コーラ」
「了解」
　隆平のいる病室をあとにして、私はすぐ近くの自販機に向かった。
　……隆平の病気を治してください。
　いつも心の中でお願いしているのに、神様はいっこうに叶えてくれない。
　もう隆平の苦しむ顔は見たくないよ……。
　早く、どうか早く治してあげて。
　コーラとオレンジジュースを持って病室に戻ると、隆平は眠りについていた。
「隆平……？」
　スースーと寝息が聞こえる。
「寝ちゃってる」
　安心したかのように眠っている彼を見て、私はぎゅっとその手を握った。

温かい。
　帽子をかぶったまま寝ている姿を見て、心が痛む。
　どんな隆平だって好きだからね。
　気にすることないんだよ。
　私は彼の手にちゅっとキスを落とした。
「好きだよ、隆平」
　きっと私の気持ちを、もう伝えられることはないけれど。
　心の中だけでいいから想わせてね。

彼はいつも笑う

　カレンダーは6月から7月に移り変わろうとしていた。
　今ではウワサがどこからか広まったのか、学校でも隆平が病気で休んでいることを知ってる人は多い。
　聞かれたりもするんだけどね……。
　彼の病気のことを勝手に話したくないから、よくわからないって答えている。
　そして、もうすぐ期末テストが始まる。
『いいか、お前らテスト期間中は来ても入れてあげねぇからな！』
　隆平は、その期間中は病室に来るなと言った。
　きっと彼なりに気を使っているんだろうけど……私は隆平に会えないことで、逆に気になって勉強どころじゃなかった。

　そして、7月下旬になりやっとすべてが落ちついた。
「おーう！　お疲れ、明日から夏休みだな」
　テストが返却され、成績表も渡され、私たちは明日から夏休みを迎える。
　だから今日は、みんなでそろって、もらった成績表を隆平に見せに来た。
「わ、すげえ満、めっちゃ順位上がってんじゃん」
「まぁ勉強したし」

「梓も相変わらず、首位キープかよ」
　うう……。
　そう、このふたり、本当に頭がいいんだよね。
「どれどれ、沙良は……ぷっ、相変わらず数学、低っ」
「うるさいよ隆平！　きっと隆平がいたら、いい勝負だもん」
　隆平と私は去年見せあったとき、かなりいい勝負だった。
「まぁまぁ、今日はさ、久々にみんなでゆっくりできるし、ほら、パーティでもしようぜ」
「おう!!」
　最近は進路のこともあり、みんなで来ても、帰りまで一緒にいられることが少なくなってきた。
　梓も満くんも家からここまで遠いし、それに私は専門学校に進学するけど、ふたりは大学に行くみたいだから。
　そろそろ塾(じゅく)とかに通わなきゃいけないし……。
　ゆっくりみんなで集まれるのは、こんな日くらいだよね。
　だから今日は、めいっぱい楽しもう！
　隆平は治療にもだいぶ慣れてきたと言っていた。
　しかも検査でいい結果が出ていて、今では外泊(がいはく)も許可されるまでになった。
　この間一度、家に帰ったそうだ。
「カンパーイ！」
　みんなでジュースで乾杯(かんぱい)して、お菓子を食べる。
「じゃあ隆平、私たちがテスト中、家に帰ってたの!?　言ってくれればよかったのに～」

「言ったら、お前の集中力が切れるだろ。まっ、沙良の集中力なんて、ないも同然だけどな」
「なによ、それ‼」
　そうやって他愛のない話をしているときは、前に戻ったようだった。
「でもさ、実際よくなってるらしいんだ。もしかしたらこのまま治療やめられるかも」
「本当に⁉」
「ああ」
　隆平のうれしそうな声が、私までもうれしくさせる。
「そしたら、みんなでどっか行こうぜ」
「うん‼」
　隆平が元気になれば、またみんなでどこかに行けるんだ。
　そのまま学校復帰だって、夢じゃないかもしれない。
　うれしさがこみあげてきて、私は隆平に笑顔を見せた。

　次の日の夜は、みんなで花火をすることになった。
　病院に行く前にみんなで花火を買って隆平に見せると、彼はうれしそうに「許可取りに行ってくる」ってベッドから立ちあがった。
　看護師さんから許可をもらい、20時半までには帰ってくる約束をすると、私たちは近くの公園に向かった。
「すごい楽しみ～！　花火、久しぶりかも」
　水をくんだバケツを用意して花火を開けながら話していると。

「俺もあれ以来だわ」
　満くんがポツリと言った。
「……？」
　隆平を見て照れくさそうに笑う満くん。
　隆平もニヤリと笑っていて……。
「なになに、なにかあったの!?」
　不思議に思って私が聞くと、隆平は言った。
「そりゃ、男同士の秘密ってやつだよ、な？　満」
「おう、そうだな」
　ふたりの秘密ごと？
「ズルいー!!」
　私が騒いでいると、いきなり大きな光がついた。
「一番のり～！」
　話に入ってこないと思ったら……。
　梓が先に花火に火をつけていた。
「ズリィぞ、梓～」
「早く隆平もやりなさいよ」
「おう、俺は２本まとめてやってやる！」
　さっそく始めるふたりに、私もあわてて花火を取ると、満くんも手に持って火をつけた。
　キレイな光があたりを照らしている。
「花火……いいよな」
　すると、隣で満くんがつぶやいた。
　優しい顔で笑って光を見つめているから、さっきの隆平との秘密の話のことを思い出してるんだってわかった。

よっぽど楽しかったのかな？
「沙良〜、こっち来てみろよ」
　満くんと話していると、隆平に呼ばれた。
　彼のいるところに向かうと、なにやら大きな花火を用意していた。
「なにそれ？」
「今から手品をします」
「え!?」
　私の質問には答えず、彼はそう言うと花火に火をつけた。
　そして、バチバチ音を立てながら、それは真上に打ちあがって。
　――バン!!
　大きな音とともにキレイな光の花が咲いた。
「わ〜、キレイ!!」
　私が感動していると。
「まだ、ちゃんと見てろよ」
「え？」
　隆平に言われて空を見ていると、上からなにかがゆっくりと落ちてきた。
「沙良、あれ絶対取れよ」
「ええっ!?」
　パラシュートみたいな形をした小さな紙。
　それがゆっくり落ちてきて、私は言われるがままにキャッチする。
　すると……。

「わ‼ ねぇ見て！ クマのストラップ‼」
　うれしくって隆平に見せびらかす。
「俺が花火にプレゼント仕掛けたの」
　え⁉
　隆平がこれをやったの……⁉
「そんなことできるなんて、すごすぎるよ！」
　私がビックリして言ったら、彼は舌をベッと出した。
「ウソだよ、バーカ」
「え、ウソ？」
「そーいう花火なんだよ」
　なんだ……知らなかった！
「くはは……っ！ でもお前、すげぇビックリしてたな。本当に俺がやったって信じてたし」
「信じちゃうよ！ だって隆平なら、なんでもやれちゃいそうなんだもん」
「バカ、それじゃ本当にマジシャンじゃん」
　けらけらと笑う隆平を見て、私までうれしくなった。
　隆平が明るくなってるの、うれしいな。
　前は苦しそうな様子を隠してる感じだったけど、今の笑顔はすごく無防備って感じだ。
「ふふっ」
「なに笑ってんだよ」
　やっぱり隆平は、笑顔が一番似合ってるね。
「べつに〜」
　無理に笑うんじゃなくて、素の笑顔。

そんな顔を見て元気になる私たちでいたい。
「じゃあ、そろそろ帰るか」
　満くんが花火を片づけながら言う。
「そうだね！」
　毎日楽しい日が続けばいいのに。
　私はそう思いながら、みんなと一緒に病院に戻った。

　しかし、現実はそんなに甘くなかった。
　夏休みの間ずっと元気にしていた隆平は、9月に入って少したった頃、また体調を崩した。
　学校帰りに隆平の病室に行こうとしたら、看護師さんに止められてしまった。
「今は安静にしてなくてはいけないから。ごめんね」
　この間はあんなに元気だったのに……。
　一緒に花火をすることもできたのに。
　……大丈夫なんだろうか。
　隆平は夏の間、お医者さんに『数値が安定してきたから投薬をやめてみよう』と言われたって、すごくうれしそうに話していた。
　その間は副作用から解放されて、とてもイキイキとしていたのに……。
「白血病はね、容体が悪化しやすいものなの」
　また不安が募っていく。

　結局、そのあと隆平から連絡があったのは1週間後だっ

た。
「隆平、入るよ……？」
「いいよ」
　彼はまた無菌室に入っていた。
　久しぶりに彼の姿を見た私は、はっとした。
　また顔色が悪くなっている。
　体もなんか痩せ細っていて、ベッドに横になっているけれど、ダルそうだった。
　また抗がん剤の投与が始まって、副作用がつらいのかな。
　それとも病気のせいか。
　どっちにしても、そんな状態で無菌室にひとりきりだったんだから、きっと精神的にもつらかったに決まってる。
　今日は私だけにメッセージをくれたけど……私にしてあげられることはあるのかな。
「隆平、平気？」
「おう！　全然余裕〜」
　隆平はそう言うけれど、余裕なわけがない。
　私が来ていなかった間も苦しかったんだって、表情から容易にわかる。
「無理に笑わないで」
　小さく言うと、彼は言った。
「無理じゃねぇよ？　おもしろいから笑ってんの」
　おもしろいことなんて、なにもない。
　私が目の前にいるから無理に笑うんだって思ったら、私はその場にいられなくなった。

「今日はもう……帰ろうかな。ゆっくり休んだ方がいいと思うし。部屋出るね」
　そう言って立ちあがると、隆平が私の腕をつかんだ。
「行くなよ」
「隆平……」
　動きを止めて彼を見る。
「会いたくなったんだ、だから呼んだ。そんなすぐ帰るなよ……」
　会いたくなった。
　その本音が聞けただけで十分だと思った。
「わかったよ、いてあげるから。ほら起きあがらない！」
　もっと隆平の苦しみを、私が減らしてあげられればいいのに。
　そばにいることしかできない自分の無力さを痛感した。

　しばらく隆平のそばで話していると、隆平は少したってスヤスヤと眠った。
　疲れちゃったのかな……？
　だけど、さっきよりも顔色がよくなって優しい顔をしている隆平を見て、ホッとする。
　好きだよ、隆平。
　隆平が行くなって言うなら、私はいつでもそばにいるからね。
　寝ている彼を見つめて私は小さくつぶやいた。
「好、き……」

直接は伝えられない。
　　だけど……。
　　――ドキン、ドキン、ドキン。
　　私の心はもう、隆平でしか温かくならないよ。
　　私はそのまましばらく隆平のそばで過ごしてから無菌室を出た。

　　そして次の日。
　　彼が心配だった私は午後の授業をサボッて、今日は早めに病院に向かうことにした。
　　隆平、ビックリするかな？
　　無菌室の前までやってきて、部屋に入る準備をしていると。
「んで……っ」
　　部屋の中から隆平の声がする。
「なんで……っ、俺なんだよ……」
　　それは絞り出すような苦しそうな声。
　　手を強く握って涙を流す隆平がすぐそこにいた。
　　隆平が泣いている。
　　悲しくないわけがない。
　　私たちのために笑顔を見せていた彼の、本当の姿。
　　それは、強くておちゃらけた隆平なんかじゃない。
　　苦しいのを必死に隠している隆平だった。
　　このままじゃダメ。
　　こういうときこそ支えてあげなくちゃ。

「隆平……！」
　私は急いで無菌室に入る準備をしてドアを開けると、彼の名前を呼んだ。
　だけどその瞬間、隆平はベッドに顔を伏せてしまった。
「沙良か……？」
「うん、そうだよ」
　やっぱり泣いてるんだろうか。
　励ましてあげなくちゃって思うのに、うまく言葉が出てこない。
「あの……っ、隆平！」
　すると隆平はバッと顔を上げ、元気な声で言った。
「沙良、来たんか！　つーかお前、今日早くね？　俺に会いたくて早く来ちゃった的な？」
　……なんで。
　なんで、そんな顔してるの？
　なんで笑ってるの？
「今、なにしてたの？」
　震える声で私が聞くと、隆平はニコッと笑って答えた。
「マンガ読んで笑ってた」
「ウソ。目、赤いじゃない」
「ウソじゃないよ、涙出るほど笑ったんだよ」
「なんで笑うの？　どうして、そうやって無理するの？」
　頼ってほしい。
　大事な友達だから。
　無理に笑って傷つかないでほしい。

大好きな人だから。
　泣きそうなのをこらえて彼を見たら、彼は優しく言った。
「だってさ～、笑ってれば本当に楽しくなるかもしれねぇじゃん？」
　そんなこと……ない。
「無理に笑っても、楽しくないよ」
「わかんねぇぞ？　もしかしたら、最高に楽しくなっちまうかも」
　そんなことはありえない。
「そんなの……ないよ！　苦しいときは苦しいって言わなきゃ、たまっちゃうんだよ！　吐き出さなきゃ、スッキリしないんだよ‼」
　必死になって言う。
　だって、隆平が抱えこんでたらイヤだから。
　ひとりで苦しんでるのはイヤだから。
「ちゃんと言わなくちゃダメなんだよ……っ」
　目に涙をためて言う。
　できるだけ隆平の前では涙を流さないと決めたのに。
　私の目からは涙がポロポロこぼれてくる。
　悲しみを我慢するのは、とても難しい。
　だって、気をつけていても、なにかのきっかけで涙がこぼれてきてしまうから。
　悲しいのに笑うのは、もっともっと難しい。
　自分の気持ちを必死に殺して、楽しくもないのに笑うのだから。

「沙良、こっちおいで」
　そんな私に隆平は手招きする。
　ぐっと唇を噛みしめながら隆平のところに行ったら、彼はぎゅっと私を包みこんだ。
　隆平……!?
　ドキンと鼓動が胸を打つ。
「泣くなよ、沙良。お前らがいてくれるから、笑ってれば本当に楽しくなるかもしれないって思える。ひとりじゃそんなん思えねぇけど、お前らがいれば俺は笑えるんだ。だから、俺のために泣くな。なっ?」
　隆平は私たちがいれば笑えるの?
　元気になれるの?
　ゴシゴシと涙を拭いて隆平に顔を見せる。
　すると彼は、アメ玉を取り出した。
「あげる」
「イヤだ、またすっぱいやつでしょ……っ」
「ちげーよ、食べてみ?」
　かわいい包み紙を開けて、口に放りこむ。
　すると、口いっぱいにすごい苦みが広がった。
「うう、なにこれ……」
　眉間にシワを寄せて聞くと、隆平は笑いながら言った。
「ふっ、それな、青汁味のアメらしい」
　おなかを抱えて笑う隆平。
　笑ってれば、本当に楽しくなるんだろうか。
「隆平のバカ……ッ、もう嫌い」

「ぷはは、わりぃ、わりぃ」
　隆平に合わせて笑おうとしたけど、私はそれどころじゃなくなって眉をひそめた。
「苦いじゃんか〜〜」
「でも、これで涙止まったな」
　隆平は私の表情を見て微笑む。
　笑っても楽しくなるかはわからなかったけど、たしかに泣いてるときよりかは断然、気持ちが明るくなった。
　それなら、隆平の前ではいつでも笑っていよう。
　彼が元気になるように。
　みんなでまた笑えるように。
　この日も私は、隆平のイタズラに救われたのだった。

隆平の病状

 それから1ヶ月がたち、もうすぐ季節は冬。
 11月になろうとしていた。
 私は専門学校に進路が確定し、隆平のお見舞いに週に2回は行っていた。
 けれど、大学受験を控(ひか)えた梓と満くんは必死で勉強する時期。
 だから、ふたりには私が隆平の様子を学校で話してあげている。
 3人そろってのお見舞いはなかなか行けないけど、それでもふたりは合間を見つけて隆平に会いに行ってるみたいだから、さびしい思いしてないといいな。
 無菌室だから、梓と満くんはガラス越しで専用の電話での会話をしている。
 隆平に負担をかけないように、家族以外で中まで入れるのは私だけ。
 だけど、顔を見て話せるだけで隆平もうれしくなるよね。
 私はいつも隆平に今日学校であったこととかを話している。
 隆平が話すのは、昨日見たテレビの話とかマンガの話ばっかりで、病状のことはあまり話そうとしなかった。

 そして今日はめずらしく、3人そろって病院に行くこと

になった。
　学校が終わってそのまま隆平のところに行くと、彼はうれしそうな顔をした。
　今日はふたりもいるから、無菌室の外から電話での会話だけど。
『みんないるな』
　少し顔がほころんでいるのがわかる。
　それがうれしくて、私もつられて笑った。
『お前ら本当、無理してねぇか？　せっかく塾休みなら、自分のために時間使えばいいのに』
『だから、自分のために隆平に時間使ったんじゃん』
　梓の言葉に、隆平は少し泣きそうな顔を見せた。
『そうそう、息抜き。お前と話すの、楽しいし』
　満くんも言う。
『お前ら〜。好きだぜ本当〜』
　隆平が泣いたフリをして言う。
『ちょっと隆平、私は〜？』
　って言ったら彼は、『お前も』と優しい笑顔を見せた。
　ドキ、ドキ。
　ダメダメ、この気持ちは隠すって決めたんだから。
　私は自分にそう言い聞かせて、赤くなる頬を隠した。

　そして次の日。
　今日は土曜日だから、午前中から病院に向かうことにした。

すると。
「あ、おばさん!」
　偶然にも、病院の入り口で隆平のお母さんと会うことができた。
「お久しぶりです」
「沙良ちゃん、いつも来てくれてありがとね」
　おばさんは優しく微笑む。
　その笑顔が、やっぱり隆平と似てるなと思った。
　私たちは病院の外の広場に移動してベンチに座った。
「あの……無菌室に入れるようにしてくれて、ありがとうございました。本当は入れないのに、お医者さんにお願いして許可取ってもらって」
「いいのよ、隆平もきっと直接話せる相手がいた方がうれしいと思うから」
　そう言っておばさんはさびしそうな顔をする。
「でも……ごめんなさいね。あのとき、支えてほしいなんて勝手なこと言ってしまって……本当にこんなこと言ってよかったのかなって少し後悔してるの。沙良ちゃんたちにたくさん負担をかけさせてしまって」
　そんなことないのにな……。
　むしろ支えてほしいって言われたとき、私はうれしかった。
「いえ、負担なんて全然ないです!　隆平と会うと私ばかりが元気もらってて逆に申し訳ないですよ」
　そう言って微笑む私に、おばさんはうつむきながら言っ

た。
「実はね……今日、先生から今後は私以外、無菌室には入らないようにって伝えられたの」
「そう……なんですか」
「隆平の病状があんまりよくないみたいで、電話越しに話すのも難しいかもしれない」
　……えっ。
「そんなに悪いんですか?」
「うん……昨日の夜もね、沙良ちゃんたちが帰ったあと、急に具合が悪くなってね。先生に、今後はさらに強い薬を投与するって言われたの」
　それからおばさんは、隆平が泣いていた日のことを教えてくれた。
　どうやら、その日は検査結果が出た日だったらしい。
　快方に向かっていた病気が急に悪化し、一時はやめていた抗がん剤も、またもとの量に戻すことになって落ちこんでいたんだとわかった。
　最近、隆平がまた吐き出してしまうのはそのせいだったんだ。
　それでも私たちの前では平気な顔して笑っているんだから、心が苦しくなる。
「…………」
　私がなにも言えなくなっていると、おばさんは言いづらそうに口を開いた。
「それでね……隆平から伝えてほしいって言われたんだけ

ど……」
　すごくイヤな予感がした。
「自分が連絡するまでは病院に来ないでほしいって」
　やっぱりそうだ。
「自分が苦しんでるところ見せたくないんだって。それに、会いに来てもらっても直接は話せないし、迷惑かけるだけだからって」
「そっか……」
　本当は会いたい。
　一緒にいたい。
　でも……苦しみながら彼がそう伝えてほしいって言ったんだから、私はそれを聞くしかない。
　悲しいよ。
　でも仕方ない。
　隆平がひとりでがんばるって決めたんだから、私も精いっぱいがんばらなくちゃ。
「だからせめて、隆平から連絡があるまでは、自分のことに時間を使ってちょうだいね？」
「はい……ふたりにも伝えときます」
　私はおばさんの言葉にうなずいて、隆平には会わずにそのまま家に帰った。
　きっと、すぐに元気になって連絡してくれるよね？

　それから私は、隆平から連絡が来るのをひたすら待った。
「隆平、ちゃんとがんばってるかな？」

最初の1ヶ月は、「大丈夫、大丈夫」って自分に言い聞かせてのりこえて。
「このとき、すっごい楽しかったなあ……っ」
　2ヶ月目に入ると、さびしくなって写真を見ながら泣くことも増えてきたけれど、それでも我慢して。
「隆平……もう年が明けて、結構たったよ？」
　3ヶ月がたち2月に入ると、さすがに耐えきれなくて、私は隆平にメッセージを送った。
　けれど、既読にならなかった。
　スマホの待ち受けにしている、夏休みに花火をしたときの写真がもうかなり前のものに感じる。
　隆平がそばにいないと、なんだか世界がおもしろくなくなったような気さえする。
　学校はもうほとんど自由登校になっていて、こんなにたくさんの時間があるのに会えないのがもどかしかった。

　そんなとき、突然着信が鳴った。
　――ブーブーブー。
「はい」
『沙良？　今日会えない？　満も今、一緒にいるんだけど』
　それは梓からだった。
「うん、会いたい！」
　そういえば……。
　カレンダーで日付を確認する。
　2月の16日。

今は自由登校期間で学校にはほとんど行っていないから、ふたりに会う日も減っていた。
　だけど今日、連絡が来たってことは……。

　私はなんとなく予想がついて上着を羽織り、急いで駅まで行くと、ふたりが笑顔で迎えてくれた。
　そして。
「合格しましたー！」
　ふたりは私に大学の合格通知を見せてきた。
「わー‼　おめでとう‼」
　やっぱりそうだった。
　今日はふたりの受験の結果発表の日。
「ふたりとも、がんばったね‼」
　拍手をして喜んでいたとき、私たちのスマホがいっせいに鳴った。
　——ブーブーブー。
「……？」
　いっせいにスマホが鳴るなんて、めずらしいな。
　そう思って開いてみれば。
《久しぶりー！　俺のこと忘れてねぇか？　明日から普通の病室に戻ることになったぞ》
　そのメールは隆平からだった。
「戻ることになったって‼」
　メールを見て、はしゃぎだす私たち。
「じゃあ今日は、みんな、おめでとうだね‼」

私が笑顔で言うと、そうだねってふたりも笑顔になった。

大切な人の喜びは、私の喜び。
大好きな人の幸せは、私の幸せ。
だから、苦しみも一緒に共有したい。
たとえそれが、どんなに苦しいものだとしても。
私たちは大切な友達だから。

第6章
最高の幸せ

自分のためのウソ

【隆平side】

　人はウソをつくことで信用を失う。
　また、イタズラをすることで人から嫌われる。
　ただし、例外もあるということを覚えておいてほしい。
　優しいウソは誰かを守ることができる。
　思いやるイタズラは、人を笑顔にさせることができる。

　俺は無菌室と呼ばれる部屋から出た。
　３ヶ月の間、本当になにもない空間で、アイツらにも会えなくて苦しかったけど、唯一よかったと思うのが、その姿を見せないで済むことだった。
　ここ３ヶ月は前にも増して病状が悪くて、つらい治療だったからな。
　やっぱり、そんな姿は見せたくねぇよ。
　だって吐いてんのとか、カッコわりぃし？
　俺もう髪もねぇしさ、カッコつけらんねぇし。
　なにより、アイツら心配しやがるからな……。
　──ブーブーブー。
　ほらな？
　さっきメッセージ送ったばかりなのに、もう返事来たろ？

《今みんなで一緒にいるんだよ！》
《俺と梓、大学合格したから》
《隆平、おめでとう‼》

　なんだよこれ。

　3人一緒にいるくせに、バラバラに送ってくるなよなー。

　でもきっとこの3ヶ月間、俺のこと考えてくれてたんだろ？

　おめでとう……か。

　みんな、ありがとな。

　俺は心の中で言うと、スマホの画面に涙をポタリと落とした。

『隆平くん、これからの人生のために、しっかりと聞いてほしい』

　無菌室を出る前に医者に言われた言葉。

『白血病が肺とリンパに転移して、これ以上の抗がん剤治療はできない』

　無菌室を出たのは、病状がよくなったからじゃない。

『これからは緩和ケアに移行して、痛みや咳を止める薬に変えたいと思う』

　緩和ケアというのは、病気の進行を抑える治療をやめて、体の苦痛や心の痛みをやわらげることを言うらしい。

　つまり、これからの人生を自由に生きるために与えられた、最後の時間だった。

　そうか……。

　俺、ここにいられんのもあと少しなのか。

それを聞いたときは異常に落ちついていた。
　もう、苦しいのから解放されるんだって。
　だけど。
「やっぱ……っ、涙出るもんだな……アイツらからのメッセージを見ると」
　ポタポタと涙が画面に落ちて、もうメッセージを見ることができなくなった。
　思い返せば、たくさんのやりたかったことが出てくるんだ。
　卒業まで学校に行きたかったとか、もっとずっと笑ってたかったとか。
　もっとアイツらと、一緒に過ごしたかったとか……。
　そんな、いろんなこと。
　考えれば考えるほど、涙が出てくる。
　目からこぼれる涙を止めるのは不可能だ。
　ぬぐってもぬぐっても、また落ちてくるから、それをする意味もない。
「満……梓、沙良……っ」
　小さくつぶやいた言葉に鼻がツーンとした。
　あーもう、こんなに泣いてたら、アイツらにまた心配されちまうな。
　ダメだ、ダメだ。
　残された時間だっつーなら、なにかしてやれる。
　なにかを返してやれる。
　だったら、もっと楽しませてやれ。

イタズラして、思いっきり笑わせてやれ。
　今まで心配させたぶん、めいっぱい笑顔にさせてやれ。
　それが俺の……最後の使命だ。
　次の日、アイツらは3人そろってやってきた。
「隆平〜〜っ‼　久しぶり……っ」
　病室に入ってくるなり、すぐ俺のところに駆けよる3人。
「会えてよかった」
　安心した顔で沙良は言って。
「心配だったんだから」
　ってそっぽを向いて梓が言う。
　そんで満に、「おかえり」って言われたときは、さすがに鼻の奥がジーンとした。
「本当よかったよ……っ！　今日はね、またいろいろ買ってきたからパーティーだよ。3人のおめでたいことに乾杯しなきゃ」
「おお、そうだな」
　コンビニの袋の中から、お菓子やジュースを取り出して、またみんなで乾杯する。
「隆平が戻ってこられたことと、満くん、梓の大学合格に乾杯……！」
「乾杯」
　みんなでグラスを合わせる。
　キンッとグラスがぶつかる音が、ひどく懐かしく感じた。
　3ヶ月も、親と医者や看護師以外、無菌室の中に入ることは許されなかった。

ほとんどの間、ひとりで過ごしてたんだ。
「久しぶりだって思うよな……本当」
「そうだよ！　私、隆平から連絡来るの、ずっと待ってたんだから。……隆平に会えない間、不安で不安で」
「ごめんな心配させて」

　泣きそうな沙良に言う。

　本当に、つくづくよかったと思う。

　あの日の告白の返事を、すぐにしなくて。

　していたら、どうなっていたんだろう。

　今よりもっと悲しい顔させていたのか？

　それとも無理に笑わせていたか？

　どちらにせよ、好きな人を幸せにしてやれない自分はカッコわりぃ。
「もう、病状はよくなったってことだよな？」

　満が俺に聞く。
「ああ、もう抗がん剤も投与しなくて平気だし、外出の許可も出てんぞ。つっても、この病院の周辺だけだけどな」
「え、そうなの!?」
「ああ、だからさ。会えなかったぶん、いっぱい遊ぼうぜ！」
「うん!!」

　今度はしっかりウソをついた。

　満にもヘンに思われないよう、誰にもわからないように、ちゃんと普通の顔をして。

　笑顔になるアイツらを見て安心する。

　優しいウソで誰かを救うことができるなら、いくらだっ

てウソをついてやる。
　それから俺たちは会えなかった3ヶ月を埋めるかのように、たくさん話をした。
「お、やべぇ、もうこんな時間じゃん」
　気づけばもう夕方で、3人はあわてて立ちあがった。
「隆平、また明日来るから」
「おう、待ってんぞ」
　笑顔で手を振って、アイツらの背中が見えなくなったのを見ると、さびしさが一気にこみあげてきた。
　死んだら、こんな感情もなくなっちまうのか……？
　アイツらと過ごしてきた記憶とか、楽しかった思い出とか……全部消えてなくなるのか？
　そんなのイヤだけど、それでいいとも思う。
　だってさ、アイツらがいない世界でアイツらのこと思い出すの、すっげぇ切ないだろ？
　楽しい思い出がいっぱいすぎて会いたくなっちまう。
　だから、中途半端に残るのだけは勘弁な？
　じゃなきゃ俺、成仏できなそうだから。
　そんなことを考えている自分を鼻で笑っていると。
　──ガラガラ！
　突然、病室のドアが開いた。
「わっ、ビックリした。なんだ沙良か……」
　お前、よく突然入ってくんのな？
　この前はたしか、俺の病状が悪化したときだったな。
　あのときは本当ビビッたわ。

まだ学校にいると思ってたから、そんなに早く来ると思わなくて。
　泣いてたんだよ、俺。
　見られたときは、どうやってごまかそうって必死だったな。
　泣いてたこと、バレてねぇといいな。
　だって、ダセェじゃん？
　言っとくけど、俺のモットーは、好きな女の前ではつねにカッコよく、だから。
「どうした？　忘れもん？」
「あ、いや……」
　沙良が部屋の中に入ってきて言葉をにごす。
「なんだよ」
　俺が聞くと、彼女は目をそらしながら言った。
「わ、私は……まだ時間、平気だから……」
　ああ、やばい。
「なにそれ、一緒にいてぇの？」
「うん……」
　小さい声で答える彼女が愛おしい。
　憎たらしいって感情は、なにがあっても心の中に抑えておくことができるのに。
　愛おしいという感情は、なにかをきっかけに簡単にあふれだす。
「じゃあさ、外……散歩行かね？」
　人って、誰かを愛すようになっている。

憎しみよりも愛情の方が、簡単に表現できるようになっている。
それは、今の俺にとって、とても厄介なことだった。

「外、冷えるか？」
「ううん、いっぱい着こんでるから大丈夫」
　病院の中の庭を、俺は車椅子に乗って一緒に散歩する。
「わりぃな、押してもらって」
「いいよ」
　もう２月だからか、外はかなり暗かった。
「これじゃあ、暗くてなんも見えねぇな」
「本当だね」
　つっても、見えたところですぐ目の前は病院だし、ムードとかねぇけど。
　寒さを感じながらふたりで散歩していると。
「…………」
　やけに沙良が静かだと思った。
「どうした？　お前、元気なく……」
　俺が言い終わる前に、沙良が鼻をすする音が聞こえた。
　寒いんじゃない。
　たぶん、泣いてるんだ。
　うしろにいるから顔は見えないけど、なんとなく想像できた。
　そっか……。
　人を笑わせるイタズラはたくさん知っている。

泣いてるヤツをなぐさめるようなイタズラも、考えれば
すぐに思いつく。
　　　だってこれ、俺の得意分野だから。
「ベンチ座らね？」
「うん」
　　　だけど……。
「なぁ、沙良、知ってるか？」
　　　俺は沙良と一緒にベンチに座って言った。
　　　今は大目に見てほしい。
　　　あふれた気持ちをそのままにしとけなかった俺を、許し
てほしい。
「すっげぇ仲いい友達って、散歩するとき、手繋ぐんだっ
てよ」
　　　ちょっと欲が出た。
　　　彼女の涙を止めるためって言い訳して、自分のためにウ
ソをついた。
「なに、それ……っ」
　　　くすりと彼女が笑う。
　　　だって俺、お前が好きだから。
　　　本当は言いたかったのに、言えなかったから。
「じゃあ私たち、手繋ぐの？」
「ああ」
　　　俺はそう言って、沙良に手を差し出した。
　　　弱々しく俺の手を握ってくる沙良。
　　　顔は暗くてよく見えないけど、きっとコイツ、めっちゃ

顔赤くしてんだろうなって思ったら、またさらに愛おしくなった。
　しばらく手を繋ぎながら、ベンチで他愛もない話をする。
　いつもと同じような会話なのに、ちょっとちがって感じた。
　本当はウソも、相手を思いやるときにしかついちゃいけねぇって知ってる。
　だけど、今日は俺のため。
　今日でその気持ちも、ちゃんと隠すようにするから。
　神様、今日だけは見逃してくれな？

最期(さいご)の言葉

『ギャ!! ちょっと誰⁉ 私の机の中にホラー映画のパンフレット入れたの!』
『はーい、俺でーす』
『まーたやってるよ、あんたたち』
『もう、沙良ちゃんがかわいそうだよ』

『見逃したりするかよ……お前が最初に見つけてくれたんだ』
『心配だったんだから』
『みんな、隆平と一緒にいたいんだよ……』

それから、俺は自由に生きた。
アイツらといろんな話をして、いろんなイタズラを仕掛けては怒られて。
病院の庭ではキャッチボールもしたな。
俺は車椅子に座ったままだけど。
抗がん剤の治療がなくなり、幸いにも元気に遊ぶことができた。

だけど、2月の終わりになると、ベッドから起きあがることができなくなった。
いよいよ、俺の体も限界が来てるんだと悟った。

「隆平、大丈夫？ つらくない？」
　あの日から毎日来てくれる3人。
「ああ平気」
　だけど正直、話すのすらおっくうになる。
　そりゃそうか。
　病気の治療はもうしてないんだからな。
　でもアイツらがいるから、まだ笑える。
　笑顔を見せることはできる。
　俺は自分でメシを食うことができなくなり、点滴に頼ることになった。
　心配そうに俺を見る3人。
　沙良は泣きそうな顔をしていた。
　おいおい、そんな顔してたら、俺がいなくなったときどーすんだよ。
　お前ら、ちゃんと笑えんの？
　本当、心配になるな。
　梓と沙良がトイレに行くと言って席を外したとき、俺は満に話があると伝えた。
　やっぱり、言っとかなきゃな。
　託したいものもあるし。

　そして、そろそろ帰ろうという話になったとき。
「今日はさ、家に誰もいないから、もう少し隆平といるわ」
　満はそう言って残った。
　ふたりになると、満が不安そうな顔で俺を見た。

まぁ、メシも自分じゃ食えなくなってんだから、不安になるわな。
　でも、そんな顔すんなよ。
　沙良と梓のこと、今から満に託すからな。
「俺がいなくなったらさ、アイツらふたりのこと、よろしくな」
　つぶやくように言う。
　そしたら満は、焦った顔で俺を見る。
「いきなり、なに言うんだよ……！　やめろよ」
「いいから。とくに沙良のことは……頼むよ。アイツ、なんだかんだすっげぇ弱いからさ」
「…………」
　沈黙が続くと、この部屋にはなにも音がしなくなった。
「好きなんだろ……」
　小さく聞いてくる満。
　あ、バレてた？なんて軽く言えねぇけど。
「好きだよ」
　俺は真剣な表情で答える。
　それでもフッたのは、アイツには幸せになってほしいから。
「やっぱさ、男ってカッコつけたいもんじゃん？　つねに、好きな女の前ではカッコいい自分でいてぇじゃん？」
　ほら、今の言葉カッコよくね？
　沙良に聞かせてやりてぇな。
　まぁ、こうやって寝こんでる時点で、全然カッコついてねぇけど。

「……これだけ、お前に託してもいいか？」
　自分では渡せない。
　だけど……これは俺の本当の気持ち。
「もしもアイツが気づいたら、渡してほしい。気づかなかったら捨てていい」
　これがたぶん、最後のイタズラになるだろう。
　なぁ、もしお前がこれに気づいたら、笑ってくれるといいな。
　もう遅いよって文句言いながら、笑顔見せてくれるといいな。
　それから俺は、涙を流す満とたくさん話をした。
　いろいろあったよな、本当。
　お前さ、最初めっちゃメンタル弱くてよ。
　いっつも下ばっか向いてっし、イジメられてもやられっぱなしだし。
　俺が話しかけても、つれねぇことばっかり言うしな。
　これはもう、仲よくなれねぇんじゃねぇ？って思ったよ。
　でもさ、俺に心を開いてくれたとき、満の悲しみを知って、ああ、今お前こんなことで悩んでんだって知った。
　そしたら、じゃあその悩みを、俺がなんとか吹き飛ばしてやりてぇって思ったよ。
『俺と仲よくなったのは、本当は同情だったんだろ？』
　あとになってお前、そんなこと言って笑ってたけど、全然。
　同情なんかじゃねぇよ？
　コイツと仲よくなったら絶対楽しいなっていう、俺の直

感。

　すごくね？

　この直感のおかげで、すっげぇ楽しい毎日を送れたし、今になってお前は、俺が唯一、弱音を話せるヤツになってさ。

　本当、感謝したいことばっかだよな。
「ありがとな……」
「やめろよ、隆平。感謝だったら、俺の方がしたいことたくさんだよ……」
「それはこの前聞いたから、もう十分だ。その代わり、これからは、お前がふたりのこと守ってやれよな？」

　不安定な手で拳を作り満に見せると、満は泣きながらその拳に自分の拳を合わせた。

　伝えられた。

　託せた。

　あとはもう……思い残すことはねぇ。

　それから3日後の、3月1日。

　寝ころがった状態でいつものようにアイツらと話してしばらくたったとき、俺は言った。
「少しだけ……沙良とふたりで話してもいいか？」
「ああ」

　俺の気持ちを察してくれた満。

　アイツは梓を連れて出ていき、沙良とふたりにしてくれた。

第6章　最高の幸せ ≫ 219

「どうしたの？　隆平、ふたりきりなんて」
「ん〜いや、なんとなく？」
　重たい手を必死に力を入れて持ちあげ、沙良の頭に手をのせポンポンする。
「なんとなくって、隆平、いっつもそんなんだよね？　なーんにも考えてない！　でも、そう見えるのに、本当はいっぱい私たちのこと見ててくれてるの。私、知ってるんだからね！」
　体に力が入らなくて、沙良の笑顔が少しボヤけて見える。
　俺が頭をなでやすいよう沙良が顔を伏せると、うなじが見えた。
　そういや俺、このうなじを見てイタズラを仕掛けることに決めたんだったな……。
　3年前の4月1日。
　ウソをついても許される日。
　この日は、俺が勝手にイタズラをしてもいい日に変えた。
　知らない人になんかしてやろうと思って。
　そのときに出会ったのが運命だったというのなら、運命ってやつは残酷だ。
　だけど、それがなければよかったとは思わない。
「そんな俺を見ててくれたのが、沙良だったな」
　だって、最高に楽しくもあったから。
　イジメの仕返しのためにやった水鉄砲。
　仲直りするために書いたらくがき。
　楽しませてやろうと思ってやったサンタのイタズラ。

誰かの笑顔を見たいから始めたイタズラは、いつの間にか自分までも笑顔にさせていた。
「当たり前だよ。これからもずっと、隆平のこと見てるよ」
　自分をわかってくれる人がいる。
　弱いところを受け止めてくれる人がいる。
　励ましてくれる人がいる。
　どんなことがあっても一緒にいてくれる人がいる。
　そんな仲間に出会えたことが、最高の人生だった。
　だから、こうやって病気になっちまって、アイツらと別れなきゃいけない運命だとしても、受けいれられる。
「ありがとう……」
「もう、どうしたの？　急にはずかしいよ……っ」
　パッと顔を上げる沙良を見て思う。
　心の底から、愛おしいなって。
　結局、最後まで気持ちを殺すことはできなかった。
　けど、言葉はちゃんと抑えられたな。
　沙良が幸せになれるように、好きだって伝えることはしない。
「俺も、ずっと見てるからな。お前のこと、見守ってるから……」
　ぎゅっと沙良の手を握る。
「うん」
　気持ちを言葉にはしなかったこと。
　これに関しては、自分で自分をほめてやる。
　よく最後まで我慢したなって。

「……っ」

　そのとき、握っていた手に力が入らなくなり、だらんと落ちてしまう。

　なんだか意識がだんだんふわふわとしてきて、沙良の声が聞こえづらくなってきた。

　ああ、もうたぶん……。

「……じゃあ、みんなのこと呼んできてくれ。ついでにジュースも」

　俺は最後の力を振りしぼって言った。

「もう、隆平、飲めないじゃん！　じゃあ呼びに行ってくるね！」

　俺の手を離し、最後に沙良が見せた笑顔は、はっきりと俺の目に映って見えた。

　じゃあな、沙良。

　泣くなよ。

　部屋のドアに向かう沙良の背中を見つめる。

　満、梓、沙良……。

　アイツらと出会ってから今日までの思い出が鮮明(せんめい)によみがえる。

　あー、すっげぇ楽しい人生だったな。

　お前らと出会えて、最高に幸せだった。

　今まで……ありがとな。

　俺は沙良が出ていったのを確認すると、ゆっくり、静かに目を閉じた。

第7章
ありがとう

イヤだ

【沙良side】

　隆平へ。
　いつも笑わせてくれる隆平が大好きです。
　だから、これからもそばにいて、たくさん笑わせてね。

　ふたりを呼びに行き、ジュースを買って隆平の部屋に戻ると、私は思わずポトリとジュースを落としてしまった。
「隆……平……？」
　隆平が意識を失っている。
「隆平‼」
　起きて。
　まだ夜じゃないのに、寝ている彼に不安が募る。
「ねぇ、隆平‼」
　起きてよ。起きてってば。
　テンパる私を見て、満くんがすぐにナースコールを押した。

　やってきた看護師さんに必死に状況を説明すると、看護師さんはあわてた様子でお医者さんを呼んだ。
　それから看護師さん、お医者さんがたくさん集まってきて、あわてた声を出しながらなにかをしている。

非常事態なんだってことはわかった。
なに？
どうしたの？
私は不安になって隆平に近づこうとするけれど。
「あぶないから外に出ていて」
看護師さんに止められた。
そのうちに、隆平のお母さんも急いでやってきた。
たくさんのお医者さんに囲まれて隆平が処置を受けている。
私たちは部屋の外で隆平が助かるよう、祈るしかなかった。

隆平は……大丈夫だよね？
きっと、また笑ってくれるよね？
こんなにも周りはうるさいのに彼は眠っている。
イヤだよ、隆平。
だって、約束したじゃんか。
ずっと見守っててくれるって言ったじゃんか。
「隆平っ‼」
もう一度、大きな声で彼の名前を叫んだとき。
——ピー。
イヤな音が病室に鳴り響いた。
その瞬間、静かになる周りの声。
イヤだ、イヤだよ。
「午後5時43分、ご臨終です」

「隆平、隆平っ‼」
　看護師さんたちの間を通りぬけ、あわてて隆平のそばに駆けよる。
「沙良ちゃん！」
　満くんの声も無視して彼のところに行くと、彼の呼吸は止まっていた。
「隆平っ！」

　それからのことはまったく覚えていない。
　気づくと私は、自分の家のベッドにいた。
「沙良……起きた？」
　心配そうなお母さんの顔が映る。
「病院で倒れたらしいの」
　そうだ、さっきのは悪い夢だ。
「ねぇ、隆平はまだ……」
　生きているよね？
　そう言おうと思ったのに、お母さんはそれをさえぎって言った。
「隆平くん……亡くなったって」
　夢じゃない。
　ポタリ、ポタリと涙が落ちてくる。
　この部屋は、私たちと映る隆平の写真でいっぱいなのに、彼はもうここにはいないなんて……。
「ウソだよ……そんなのウソだよ……」
　頭をポンポンとしてくれた温もりをまだ覚えてる。

彼がニコッと笑った笑顔もはっきりと思い出せる。
　それなのに、隆平はもういないだなんて……。
「ウソだあああああ……っ」
　私はその日、大声で泣き叫びながら朝が来るまで泣いた。

　もう次の日なんか来なければいいのにって思ったのに朝は来て、私は疲れて眠り、目が覚めるとまた夜になっていた。
　お母さんがご飯を部屋の中に入れてくれているけれど、おなかなんか全然空いてない。
　心にぽっかり空いた穴が、なんだか全部を吸い取っているような気がした。
　──ブーブーブー。
　すると、突然鳴りだしたスマホ。
　それは満くんからの着信だった。
　無意識に画面をタップして、かすれた声で電話に出る。
「もしもし」
『満だけど……』
　彼の声も枯れていた。
『沙良ちゃん、大丈夫かなと思って……』
　大丈夫って、どんな大丈夫？
　隆平がいなくなって大丈夫？の大丈夫だったら、全然大丈夫じゃない。
　私が黙っていると、満くんは隆平のお母さんから聞いたことを話しはじめた。

無菌室を出たときには、すでに治療ができない状態になっていたこと。
　　その時点で、彼の命はそんなに長くなかったこと。
　　でも、それだけはみんなに言いたくなかったこと。
　　すべて話してくれた。
　　なんで、隆平は……っ。
　　黙ってたんだろう。
『アイツはさ……いっつも人のことを考えるヤツだったから、言わなかったんだろうな』
　　ポタポタと涙がこぼれ落ちる。
　　迷惑かけていいって言ったのに。
　　頼ってほしいって言ったのに。
　　優しい彼はいつまでも、優しい彼だった。
「満くん……っ、私……隆平がいない世界で生きていける気がしないよ……」
　　私の部屋は隆平との思い出であふれている。
　　だけど、一歩外に出てしまったらそこは、隆平がいなくなってしまったという現実を突きつけられる世界。
「きっと無理だよ……」
　　もうきっと、笑えない。
　　もうきっと、楽しいって思えない。
　　彼がいない世界を想像することすらできない。
「私には無理だよ……」
　　キミと出会って、たくさんのことを知った。
　　楽しいイタズラや、人を笑顔にすること。

ときには勇気を持って自分の意見を言ったり、人に手を差しのべてあげることの大切さだったり。
　隆平や、満くんや梓という大切な人ができたのも、きっと隆平のおかげ。
　そして、彼は私に、恋というものを教えてくれた。
　誰かを愛すること。
　それって、たとえ想いが通じなくても、素敵なことだと思った。
　全部全部、キミから教えてもらった。
　キミと一緒にいた3年間、私はいろんなことを知ったんだ。
　たった3年だったって思うかもしれない。
　それでも、私にとってはとても大切で、楽しくて幸せな時間だったの。
　いつまでも続けばいいとさえ思う大切な時間。
　そんな時間がなくなったら……。
「どうやって生きていけばいいか、わからないよ……っ」
　スマホを持ったままベッドに顔を伏せる。
　目を覚ましたとき、悪い夢だったらよかったのに……って何度も思った。
　そうやって現実逃避ばかりして、心にできた穴に生きる気力を吸いとられていく。
『沙良ちゃん、そんなこと言ったら隆平が悲しむよ』
　わかってる。
　わかってるけどね、満くん。

「ごめん、ごめんね」
　それでも私には、隆平のいない場所で楽しいことを見つけるなんて無理なんだ。
「私、そんなに強くないから……」
　ひとりじゃ、なにもできないの。
　もともとの私は、怖がりで、誰かがいないとなにもできない弱いヤツなの。
「ごめん……」
　私はそれだけ言って電話を切った。
　もう一度かかってきた着信には出なかった。

　この日から、家から出ないで送る最低限の生活が始まった。
　机にたくさん貼ってある写真を見返すことはあっても、外に出て誰かと話すことはしなかった。
　スマホにかかってくる電話には出ず、メッセージも読まず。
　お母さんから、『梓ちゃんと満くんが来てるわよ』って言われても、会いたくないって言って断った。
　誰かと話す気力が起きない。
　話せば話すほど、きっと隆平のことを思い出してしまうから。

　そんな生活が数日続いたときだった。
　——コンコン。

「沙良、入るわよ」
　それまでそっとしておいてくれていたお母さんが、私の部屋に入ってきた。
「卒業式は、行かないつもり？」
　気づけば、かなり時間がたっていた。
　カレンダーを見ると、卒業式は明日に迫っていた。
　だけど。
「行かない……」
　行けるわけ、ない。
　あんなにたくさんの思い出がある場所に。
　お母さんの顔を見ずにうつむきながら言うと、お母さんは言った。
「それでいいの？　隆平くんは学校に行きたかったんじゃないの？　みんなと卒業したかったんじゃないの？」
　その言葉に私はカッとなる。
「行きたくても、もういないじゃんか‼　隆平は卒業式に出られないじゃんか‼」
「だからでしょ‼」
　お母さんの大きな声が響いた。
「隆平くんが出られなかったぶん、あんたが代わりに行ってあげなくてどうするの。楽しい学校生活だったんでしょ⁉　だったら、ちゃんとみんなで行って感謝してくるべきじゃないの？」
　そうだよ……そのとおりだよ。
　でも私……。

「怖いよ……っ。学校行ったら実感しちゃう。隆平はもういないんだって……。悲しくて涙が出ちゃう」

ボロボロとこぼれる涙は止まらない。

あの日から一度も泣かない日はなかった。

これからもずっと泣き続けたら、涙は枯れてくれるんだろうか。

いや、きっと枯れることはないだろう。

こうやって流れ続けて、どんどん沈んでいく。

そして、みんな私のことを置いていってしまうんだ。

すると、お母さんは私の手を力強く握って言った。

「泣いたっていいじゃない。怖くなったら、また家で休めばいい。だけど……卒業式だけはさ、ちゃんと出て伝えよう？ 隆平くんに、今までのぶん、ありがとうって」

私はお母さんの言葉に、涙をためながらうなずいた。

たくさんのことを教えてくれた彼に、お礼をしなきゃ。

私は卒業式だけは行くことに決めた。

最後のイタズラ

そして次の日。
久しぶりの制服に袖を通して、髪を整え、私は卒業式に出る準備をした。
入学当時、硬かった制服の生地は、今ではしっかりと馴染んでいた。
最後に、気に入っていたネクタイをしめる。
その間も隆平に話した日のことを思い出した。
卒業式のジンクス、バカにされたっけ……。
まだ食欲は完全に戻ったわけではないけれど、少しだけおなかに入れた。
「行ってきます」
そうして、私は学校に向かった。

教室に入ると、みんな周りの人とおしゃべりしている。
「沙良……っ！」
「沙良ちゃん‼」
一目散に私のところに来たのは、梓と満くんだった。
「よかった……来ないかと思った……」
まだふたりだって悲しみを抱えている中で、すごく迷惑かけているんだってわかる。
「ごめんね……」
私は心配させたことを謝って、すぐに席に着いた。

そして、卒業式。
　私はお母さんに言われたとおり、ちゃんと参加した。
　けれど、卒業式を終えても、私は前に進めた気がしなかった。
　なにも変わらない。
　心には穴が空いたまま。
　それどころか、隆平がいなくても、時は必ず過ぎていくんだって実感して悲しくなった。
　私が立ち止まっても、彼がいなくても。
　時間は必ず進んでいく。
　そんな場所で……。
「生きている意味あるのかな」
　ポツリとこぼした言葉は、前向きな言葉ではなかった。
　すると、その言葉に卒業式が終わって一緒に校内を歩いていた満くんが立ち止まった。
「沙良ちゃん、隆平が教えてくれたのは、そういうことじゃないよ」
　まっすぐな、力強い目をする満くんを見ることができなかった。
「俺さ、入学したばっかの頃、死のうと思ってたんだ。なにもいいことがない。環境が変わっても、周りの空気は変わらないんだって気づいたら、生きてる意味なんてないって思った。そんで屋上まで行ったんだ……」
　え……？
　私が黙っていると、満くんはそんな話を始めた。

「だけど、そのとき、それを察した隆平が来て……死ぬ覚悟があるなら、全力で楽しいこともできるなって言ったんだ」

　……そんなことがあったんだ。

「最初は全然意味がわからなかった。けど隆平が、いきなりポケットから花火出してやりはじめたんだよ、火つけてさ」

　満くんは彼のことを思い出しながら優しい顔をしていた。

　みんなで花火をしたときに、男同士の秘密って言ってたのは、このことだったんだ……。

「すっげぇ焦って、お前バレたら退学になるぞ！って言ったら、死ぬ覚悟があるなら、そんなん気にせず、なんでもできるだろ？って言われて、そのとおりだと思ったんだ。このまま死んで終わるんだったら、まず思いっきり楽しいことしてからがいいって」

　満くんの過去は、きっと苦しかったと思う。

　だけど……彼が教えてくれた。

「隆平がいなかったら、たぶん今の俺はいない。俺はそのとき、アイツに教わったんだ。生きてれば楽しいことをいくらでも作り出せるんだって」

　生きていることの意味を。

　でも……。

「だから沙良ちゃん、そんなこと言っちゃダメだよ」

　そんな彼はもういない。

「隆平が一番に笑っていてほしいと思う相手は、沙良ちゃんだから」
　ぐっと、涙をこらえる。
　生きてる意味がないわけはない。
　だけれど、さびしくて、苦しくて、悲しいから……そんな現実から逃避しようとする。
　ねぇ、隆平。
　どうしたら私、元気になれますか？

　それから私はひとりで２年生の教室に行くと、隆平が２年生の頃に座っていた席に着き、小さな声でありがとう、とだけ伝えた。
　教室に戻ると、満くんと梓に隆平の家に行かないかと誘われたけれど、結局それも断ってしまった。
　お通夜もお葬式も行ってない。
　行ったら、本当に彼がいないことを実感してしまうから。
　ごめんね、みんな。
　ごめんね、隆平。
　行ってあげられなくて、本当にごめん。
　心の弱い自分はいつまでも悲しみに捕まったまま、もがき苦しみ溺れてく。

　ひどく疲れた私はひとり、ぼーっとした目で家に向かっている途中、ふと家の近くの公園で足を止めた。
「先輩、あの……卒業、おめでとうございますっ！」

「ありがとう」
　同じ制服を着た男女がいる。
　男子の方は、隣のクラスの子だった。
「ネクタイを……交換してもらえませんか」
　緊張した様子で聞く、後輩の女の子。
「うん……交換しようか」
　笑顔を浮かべて答える男の子の様子に、あのジンクスのことを思い出す。
"卒業式の日にネクタイを交換したら両想いになれる"
　梓からその話を聞いたとき、なんて素敵なんだろうと思った。
　私も卒業までに誰かと交換できたらいいな、その相手が隆平だったら、もっといいなって……夢見てた。
　だけど、それももう、叶わない願いになってしまった。
　いや、もう、じゃない。
「私……隆平にフラれちゃってたしね」
　ジンクスを信じるなんてって、バカにしていた隆平。
　だけど隆平は、私がこのネクタイが好きな理由をちゃんと聞いてくれたよね。
『……なんかさ、ネクタイって特別な気がしない？　第2ボタンと同じように心臓に近くて、それでほら……ネックレスみたいな！　いつでもそばにいるって感じっ！』
　……懐かしいな。
　幸せそうにネクタイを交換するふたりを見つめ、私はその場をあとにすると、そのまま家に帰った。

「ただいま」

「おかえり」

　先に帰っていたお母さんがすぐに出迎えてくれる。

　自分の部屋に入ると、私は鏡の前でブレザーを脱いだ。

　もう、この制服も今日で終わりだ。

　ネクタイを取ってハンガーに掛け、部屋着に着替えると、私はベッドに横になった。

　楽しかった高校生活が終わってしまった。

　大好きな人と……楽しませてくれた人と、一緒に最後を迎えることができずに……。

　それからの私の生活は、また悲しみに明け暮れる生活に戻ってしまった。

　部屋に閉じこもり、外に出る気にはなれなかった。

　新生活の用意とか、しなくちゃいけないことはたくさんあるのに、なにもしたくない。

　唯一の救いは、満くんや梓からメッセージや電話が毎日来ることだった。

　だけど相変わらず、心配してくれているふたりの気持ちに応えることができない。

　いつか私はもう一度、笑顔を浮かべることができるのだろうか。

　隆平のいない世界で、笑うことができるのだろうか。

　そして、数週間がたった頃、3月のカレンダーがめくら

れた。
　４月１日。
　ああ、この日は……隆平と最初に出会った日だ。
　３年前の今日、お母さんから買い物を頼まれて外を歩いていると、突然、宇宙人に会ったなんてウソをついてきた彼がいた。
　そして、さっと去っていくヘンなイタズラ。
　あの頃から、隆平はイタズラ好きだったよね。
　隆平の映る写真を見ながら、ぽーっとそんなことを考える。
　すると。
　――コンコン。
　ノックの音が聞こえて、お母さんが入ってきた。
「沙良、制服もう着ないよね？　それなら知り合いのお子さんにあげてもいいかしら？」
「制服は……」
　もう必要ない。
　だけど……。
「ネクタイだけ……取っておこうかな」
　お気に入りだったネクタイだけは、どうしても捨てられない。
　私はハンガーからネクタイを取ると、残りはお母さんに渡した。
　そして、なにげなくペラッとめくれたネクタイを見た。
「……？」
　すると、その裏になにかが書いてあることに気がついた。

「なんだろ……これ」
　ネクタイに書かれた黒い文字。
　それを見て、はっと気がついた。
「こ、れ……っ」
　一気に視界がにじみだす。
　心からこみあげてくる想いが全部、涙に変わるとき。
「隆……平っ」
　悲しみは、愛しいという感情に覆われる。
　彼が好きだ。
　涙はポタリとこぼれては落ちて、こぼれては落ちてを繰り返す。
　イタズラ好きの彼が大好きだ。
　温かい涙は頬を伝って床に落ちていく。
　本当に彼はイタズラ好きだった。
　ちょっとたくらんだイタズラや、人を不幸にさせないキレイなイタズラ。
　それによって人を笑顔にし、自分もイタズラな笑顔を浮かべるの。
　きっと今も、私の表情を見て笑っているんでしょ？
「ズルいよ……っ」
　泣きながら言った言葉に、久しぶりの笑顔が灯る。
「沙良、どうしたの……？」
　だって隆平は、いつだって周りが笑顔でいてほしいと願っていたから。
「隆平が……最後にイタズラを残してくれたの……」

第7章　ありがとう

　だから、こうやってイタズラをするんでしょう？
　私も笑いたいよ。
　隆平を不安にさせないように、めいっぱい笑いたいよ。
　彼が最後に残したイタズラ。
　そして、あのときの本当の答え。
　それは……。

"塚越隆平、予約"

　ネクタイの裏に書かれたメッセージだった。
"卒業式の日にネクタイを交換したら、両想いになれるんだって"
　あんなにジンクスのこと、バカにしてたのに。
　最後に残したイタズラがこれだなんて、ズルすぎる。
　4月1日。
　初めて彼にイタズラを仕掛けられた日。
　3年後の今日もまた、彼からのイタズラに気がついた。
　いつまでも笑っていてほしい。
　彼がそう願うなら。
「隆平に……笑顔を見せてあげなくちゃ……」
　めいっぱいの笑顔を届けてあげなくちゃ。
　私は、ぎゅっとネクタイを握りしめ、すぐに満くんと梓に電話をかけた。

キミのイタズラに涙する

　会いたいとふたりに電話をすると、満くんと梓は、すぐに家の最寄り駅まで来てくれた。
「ごめんね、急に」
「全然！」
　たくさん迷惑をかけても、こうやって優しく微笑んでくれるふたり。
　そんなふたりにも心配かけないように、元気にならなくちゃいけない。
　今なら、できる気がする。
　だって。
「隆平がね……っ、このネクタイに最後のイタズラを……」
　私にはこれがあるから。
　持ってきたネクタイを握りしめ、ふたりに見せる。
　すると、満くんが上着のポケットからネクタイを取り出した。
「な、に？」
「隆平から預かってほしいって頼まれた」
　これ……って。
「アイツにさ、沙良ちゃんがイタズラに気づいたら、渡してくれって、気づかなかったら捨ててくれって言われたんだけど、こんなん捨てられるわけないよな」
　震える手で満くんから隆平のネクタイを受け取る。

視界はもう涙でいっぱいだ。
「隆平の心は、全部そのイタズラにこめられてるんじゃないかな？」
「りゅ……へ……っ」
　こみあげる気持ちに言葉がつっかえる。
　もうダメだ、だって本当にズルいんだもん。
　好きなんて、一度も言われなかった。
　告白したって、友達にしか見られないって断られた。
　恋人同士になることもない。
　彼の特別になることもない。
　それでも、たしかに大きな愛はあったんだ。
「満くん……っ、梓……私、隆平に……っ、ちゃんと笑顔見せたいよ。笑って、安心させてあげたいよ……」
「うん、そうだね」
「行こうか、みんなで隆平のところに」
　優しさにあふれたこの環境を作ってくれたのは彼だった。
　その彼に会ってちゃんと伝えよう。
　私はもう、大丈夫だと。
　私たちはお花や隆平が好きだったものを買って、隆平の家に向かった。

「いらっしゃい、どうぞ入って」
「お邪魔します」
　隆平のお母さんが出迎えてくれて、家の中に通してくれ

た。
　隆平の遺影の前に3人で座る。
「みんなそろったぞ、隆平」
　満くんが持ってきた花を供える。
「待ちくたびれた、とか言ってるんじゃない？」
　梓がお線香に火をつける。
「待たせてごめんね……隆平」
　そして私は、隆平の大好きだったお菓子を置いた。
「ずっと来てあげられなくてごめんね？　私さ……強くないから、立ちあがるまでにちょっと時間がかかっちゃった」
　カバンの中を探り、もうひとつ持ってきたものをお菓子の隣に置く。
「ほら、これ隆平がいっつもイタズラしてたやつ。パッチンガムだっけ？　それも持ってきてあげたよ」
　これなら天国でも退屈しない。
　きっと誰かにイタズラを仕掛けては笑うだろう。
　3人で手を合わせる。
　私は、語りかけるように隆平に言った。
「ねぇ、隆平。隆平は私のこと、好きだったの？　好きだったら、好きだって言ってくれればよかったのに。それも隆平の優しさだったのかなあ」
　私の言葉をふたりは静かに聞いている。
「すごい仲いい友達は手繋ぐだなんてウソついてさ。でもさ……あれは、私もだまされたフリしちゃったから、お互いさまね」

彼は今、私の言葉を聞いていてくれてるだろうか。
隆平は今、笑ってるだろうか。
「最後のイタズラ、気づいたよ。私のネクタイの裏に、予約って……書くなんて、ちょっと隆平にしてはベタじゃないかな……っ」
いつもたくさんのイタズラを見せてくれたけど、最後のはちょっと甘かった。
目を開けて隆平にネクタイを差し出す。
「これ、私のネクタイ持ってきたから、受け取ってくれる?」
ネクタイとともにたくさんの幸せをくれた彼に、たくさんのありがとうを伝えよう。
「ねぇ、私ずっと大好きだよ。隆平も、隆平のイタズラも全部」
楽しいこと、自分であり続けることを教えてくれて、ありがとう。
愛するという温かい気持ちを教えてくれて、ありがとう。
笑顔でいられた楽しい時間を……。
「ありがとう」
手を合わせる。
そして、もう一度目をつぶると……。
ああ、隆平が笑ってる。
だって彼は、いつも私のそばで笑っていたから。
またイタズラな笑顔を浮かべて、笑ってくれるんでしょ?

「お邪魔しました」
　お線香をあげ、隆平のお母さんと少し話すと、私たちは帰ることにした。
「沙良……大丈夫?」
「うん、平気だよ」
　心配してくれた梓に笑顔を向ける。
　だって、私にはこれがあるから。
　ポケットに入れた隆平のネクタイをぎゅっと握りしめる。
「満くん、梓!　私、これから寄りたいところあるから行ってくるね」
「いってらっしゃい」
　ふたりと別れると、私はひとり、ある場所に向かった。

エピローグ

彼と私が一番初めに出会った場所。
　桜の並木道まで来ると、そこはあのときのように桜が満開だった。
「キレイだね……隆平」
　そよそよと風が吹き、優しく私の髪を揺らす。
　目をつぶると３年ぶんの彼を思い出した。

『今日これで遊ぼうと思って持ってきたんだけどよ、ちょうどいい的ができた。満、今日やられたぶん、思いっきりやり返せ！』
『なにを言ってるんだい、僕はサンタだよ』
『ふっ、それな、青汁味のアメらしい』
『でも、これで涙止まったな』

　キミのイタズラに怒ったり、笑ったり、涙したり。
　こうして愛のあるイタズラもあるんだと知った。
　キミから教えてもらったイタズラは全部温かくて、幸せになれるものばかりだったね。
「隆平……隆平のことが大好きです」
　ぱっと目を開けると、私の目からひと筋の涙がこぼれた。
「隆平に出会えて、本当に幸せでした」
　そうして最後に彼が望んだ笑顔を見せた瞬間。
「わ……っ」
　私の横をビュンッと強い風が吹いた。
　ふふっ。

まったくもう。
「本当にイタズラ好きなんだから……っ」

—END—

文庫限定
Special Episode*

◊

出会えた幸せ

【沙良side】

　高校を卒業してから3ヶ月。
「沙良〜久しぶり‼　やっと会えた〜。もう忙しいからって電話しかできなくて、さびしかったよ〜！」
「俺も今日すげぇ楽しみにしてた」
　大学生になってお姉さんっぽくなった梓に、なんだかちょっとカッコよく見える満くん。
　3人でやっと会うことができた。
「ごめんね、本当！　私の予定が合わなくて……」
　私の学校が忙しく、みんなと予定が合わなくて、連絡は取っていたけれど3人で会うのは久しぶりになってしまった。
　やっと3人そろったことだし、今日は隆平のお墓に最近の様子を話しに行こうと思ってる。
「そうだ、すっぱいアメ持ってきたよ！」
「あ、それ俺がなぐさめられたやつ」
　私がカバンから取り出すと、満くんが笑う。
「私たちもはめられたよね？　梓」
「そうそう、隆平ったらすっぱい顔してるの見て笑ってさ」
　やっぱり3人で会うと元気が出るな。
　思い出話だったり、近況を話したりして、すごく心が安

らいだ。
「着いた！」
　何度かお墓参りには来ているけれど、いつもお花やお菓子がたくさん置いてあって、つくづく友達がたくさんいたんだなって思う。
「本当、不思議なヤツだよな〜。周りを巻きこむ力があるっつーか。一緒にいると明るくなれるっつーかさ」
「うん」
　満くんの言いたいこと、すごくよくわかる。
　一緒にいると、温かくて楽しくて、太陽みたいな人。
　だけど、イタズラするときは風みたいで……。
　そばにいると心地いい。
　うまく表現できないけど、たぶんそんな感じだ。
　カバンから隆平にあげるものを取り出すと、私はそれを並べた。
「沙良、持ってきすぎだよ〜！」
　カバンからゴソゴソ出している私に梓が言う。
「へへ、なんかお店行くとさ、たくさんイタズラグッズ出てるから買っちゃうんだよね」
「まぁ、隆平好きそうじゃん」
　３人で笑いながら隆平の目の前に立つと、またヒュッと吹く風を感じた。
"塚越隆平、予約"
　そう書かれたネクタイをそっと置き、私がじっとそれを見つめると、満くんが元気づけるように言った。

「さて、なにから話すかぁ……」
　腕を腰に当てて堂々と立っている満くん。
「満くん、梓！　やっぱり、あれからがいいんじゃない？」
　一番最初はこれがいい。
　そう思って私はニヤニヤ笑いながら言った。
「ん、じゃあ俺らから……えーっと」
　満くんは、はずかしそうに鼻をかく。
　きっと隆平、これ聞いたら喜ぶと思うんだ。
「えっと……俺と梓、付き合うことになりました！」
　──パチパチパチ！
　私がうしろから拍手する。
　ふふっ。ふたりとも照れてる。
　私も聞いたときはまさか！と思った。
　だけど、なんか同じところでバイトするとか、満くんの話をする梓を見てたら、もしかして⁉なんて思ってね。
　この前、やっと梓から電話で報告されたんだ！
　そのあと、満くんにも電話して、すごいはしゃぎだなぁ。
「やっべ、なんかダチに直接報告ってはずかしいな」
「そうね、でも見て……」
　近くの木が風で揺れて、葉っぱをヒラヒラと落とす。
「祝福してくれたんじゃない？」
「だな」
　ふたりの幸せそうな表情に、私も自然と笑顔になった。
「まー、じゃあこれから、ゆっくり話していきますか」
「そうだね」

「みんなの日常生活、隆平、絶対聞きたいと思うよ」
　梓の言葉に「うん」とうなずく。
「じゃあ、たくさん話しちゃおうかな」
　私はそう言って隆平のお墓に触れた。
　私たちの歩んでいる現在にも、隆平はちゃんといる。
　それぞれちがう道に進んでいても、どんなに苦しいことがあっても。
　私たち……大切な友達なんだ。

【梓side】

「梓〜、今日、講義終わったら遊ばない？」
　大学で仲よくなった子に話しかけられる。
「ごめん、今日はちょっと約束があるんだ」
「あ、例の彼氏だっけ？」
「うん」
「いいなぁ」
　満と付き合うことになってから、もうすぐ２ヶ月になる。
　高校の頃は満と付き合うなんて考えたこともなかったのに、卒業してからは私の方が満のこと気になっちゃって、結局告白も私からした。
　だって、伝わるんだよね。
　隆平の代わりに、私たちを守ろうとしてくれてること。
　隆平が亡くなったとき、私は悲しくて、それ以上に悲し

んでいる沙良に声をかけることができなかった。
　きっと満もそうだったはずなのに、沙良には毎日電話して、私にも毎日会いに来てくれた。
　悲しみに浸るのをグッとこらえて、今すべきことを考えて……。
　そんなことって、誰でもできることじゃないと思う。
　そのとき、この人は本当に愛のある人だって思ったんだ。

「ごめん、お待たせ」
　待ち合わせ場所に行くと、満はすでに来ていた。
「行こうか」
　ふたりで手を繋いで歩きだす。
「明日さ、父さんと会うことになったんだ」
「へぇ‼　よかったね!」
「うん、すげぇ楽しみ」
　高1の頃は、なんだか頼りなかったのにね。
　今ではすごいしっかりして、ちゃんと自分の意思を持っている。
　そんなところにホレちゃったのかなあ……。
　だけど、そんな彼がたまに弱気になるときがあった。
　それは……。
「あれ、田辺満じゃね?」
「うわマジだ、会社倒産騒動の……まだこの辺いたのかよ」
　こんなふうに、中学の頃のクラスメイトに偶然会ってしまったときだ。

満はすぐに繋いでいた手をパッと離して、私から距離を取る。
　まるで他人みたいな素振りを見せて。
　たった1日で、周りの人全員の態度が変わってしまったんだ。
　今でも怖いに決まってる。
　満を見てけらけら笑う人たちを見て、私はイライラした。
　すると、ひとりの男がこんなことを言いだした。
「おい狛江〜。満いるぞ〜。お前、昔付き合ってたじゃん」
「うわ、マジだ〜。ってか、それ言うのやめてよ。マジで黒歴史なんだけど」
　ちょっとハデだけど、普通にかわいい女の子だった。
　でも、性格は最悪ね。
　そんなんじゃ、一緒にいても満が不幸になるだけだわ。
　私は距離を取った満に近寄っていき、あえてソイツらの前で手を繋いだ。
「行こうか、満」
　最高の笑顔を満に向けて彼を引っぱる。
　この人といると、こんなに楽しいのに。
　こんなに優しい人なのに。
　こんなに人のことを思える人なのに。
　そんな人を簡単に裏切った人たちに、どうだって見せつける。
「え、マジ？」
「あれ、今の彼女じゃね？」

後悔したってもう遅いんだから。
　後悔するほど満のことを知らなかったんなら、もっともっとかわいそう。
「ちょ、梓……」
　突然の行動にとまどっている満の手を引いて、ヤツらが見えなくなるところまで来た。
「なにビクビクしてんのよ。あんたはなにも悪いことしてないんだから、堂々としてればいいじゃない！」
「うん、まぁ……そうなんだけど」
　だんだんと小さくなる声に、昔の満に戻ってるなと思った。
「手離して他人のフリして、なにか言われると思ったの？　いいじゃん、言わせておけば！」
「いや、それもあるんだけど……梓がアイツらになにか言われたらイヤだなと思って……」
　昔の満に戻っても変わらないところ。
　それは、今も昔も優しいところ。
　自分よりも人のため。
　そういうところは……。
「やっぱり……」
　満のこと、ちゃんと大事にしてくれる人だけが知ってればいいわ。
「ん？」
「いや、なんでもない。早く行こう！」
　そういえば一度だけ、隆平に言われたことを思い出した。

沙良とふたりでお見舞いに行ったとき、沙良がトイレに行って隆平とふたりになったタイミングだった。

『満がつらそうだったら、お前が助けてやってくれねぇか?』
『私が?』
『ああ、アイツさ、すげぇたくましくなったけど、まだたまに弱くなっちまうときがあるからよ。お前の毒舌でカツ入れてやってくれ』
『カツでいいの?　落ちこんでるのに、優しい言葉かけてあげなくていいの?』
『満はカツ入れられた方が気合入んだよ。それに梓……お前、優しい言葉なんて言うキャラじゃねぇだろ』
『うるさいわね!』

　隆平は本当に、私たちのことをわかってくれていたよね。
「私たちのこと報告したら、隆平なんて言うかなぁ?」
「ビックリすんじゃね?　あ、でも意外と付き合うってわかってたりして」
「それ、エスパーじゃん」
　私たちは笑いあう。
「次のお墓参りは、3人で行けるといいね」
「そうだな」
　隆平が作ってきたこの関係を大切にしながら、今日も私は進んでいく。

【満side】

　大学に入って3ヶ月がたち、文系でそこまで学校が忙しくない俺は、近くの飲食店でアルバイトを始めた。
「梓、37番テーブルよろしく」
「OK」
　大学は別々だけど、梓も同じところでバイトしている。
　梓も文系だから、そこまで忙しくないみたいだった。
　今は沙良ちゃんが一番忙しそうかな……。
　梓は週3日バイトに入り、俺は週4日入ることにした。
　今はまだ無理だけど、お金を貯めて、学費は全部自分で払うんだ！
　家に負担をかけたくない。
　お金がない中、大学に行くことを了承してくれた母さんのためにも、ちゃんと返すんだ。
「満、今日って……」
「うん、父さんと会ってくるよ」
「そっか！　がんばれ」
「おう」

　今日は父さんと久しぶりに会う日。
　俺は午前のバイトが終わると、待ち合わせしているファミレスに向かった。
「お待たせ、父さん」
「おう、満……」

席に座ってお昼ご飯を頼む。
父さんは少し痩せたようにも見えた。
「元気か、満」
「うん、元気だよ」
「大学はどうだ……？」
「すごく楽しいよ」
父さんはときどき言葉をつまらせながら、俺の様子を聞いてくる。
「ごめんな、本当に……」
会社が倒産して俺にまで迷惑がかかったことを、心から申し訳ないと思っているようだ。
「あんなことになってしまって……お前にも、父としてなにもしてやれなくて、本当にごめんな」
あのとき、つらいのは自分だけだと思ってた。
なんで、なにもしてない俺がこんなにイジメられて、白い目で見られて、友達も彼女もみんないなくなっちゃうんだろうって。
父さんを恨んだこともある。
自分が父さんの子じゃなければよかったのにって思ったこともあった。
だけどさ、ちがうんだ。
「父さん、俺……実は今、父さんにすごく感謝してるんだ」
すると、父さんはうつむいていた顔を上げた。
「ああいうことがあったからこそ、出会えた友達がいるんだ。自分が落ちこんでいるときに助けてくれる、本当の友

達を見つけた。昔のままだったら、見つけられなかったかもしれない。今、こんなに楽しいって思えなかったかもしれない。そんな、ずっと一緒にいたいと思える友達に出会えたんだよ」

　沙良ちゃんに梓、そして隆平。

　この３人に出会えたことは、俺にとって本当に幸せなことだった。
「いろいろ知ったんだ。友達から、いろんなことを学んだ」

『いえいえ、食べてくれてよかった。これからよろしくね、満くん』

　沙良ちゃんの言葉で、人の優しさを知った。
『水をかけるのは、イタズラって言わない。イジメって言うの』

　梓の言葉で、人の温かさを知った。
『人を不幸にさせるイタズラはしたくねぇ。見るのもやるのも、つまんなすぎてくだらねぇよ』

　隆平からは、本当のイタズラって、こんなにも人を笑顔にさせるんだと教わった。

　全部、友達から教えてもらったこと。

　ひとりではわからなかったことを、アイツらは教えてくれた。
「本当にうれしいんだ。俺さ、アイツらがいれば、これから先どんな困難が待ってようと、絶対にのりこえられる気がする」

イジメられてた頃は、ずっと死にたいと思ってた。
　だけど……そんなこと思うんだったら、まずめいっぱい楽しいことをしろって隆平に言われて。
　気がついて。
　ああそうか、楽しさなんていくらでも作りだせるんだって思った。
「だからさ父さん、そんな落ちこんだ顔しないでよ」
「満……」
「今の俺、すっげぇいいだろ？」
　梓にこの前、『すごいしっかりするようになったよね』って言われた。
　沙良ちゃんにも、『前の満くん、今じゃもう思い出せないな』なんて言われる。
　隆平、全部お前のおかげだよ。
　お前が話しかけてくれなかったら、お前が俺と友達になってくれなかったら。
　俺はここにいなかったのかもしれないんだから。
「なぁ父さん、これあげるよ」
　俺は雑貨屋さんで買ってきたカードを父さんに手渡した。
「なんだ？　これ……うわっ‼」
　父さんはそのカードを開けると、飛び出してきたキャラクターと鼻がぶつかった。
「あははは、なんだこれは？」
「それ、ビックリカードって言うんだ。開けると中のもの

が飛び出してくる。おもしろいだろ？」
「ああ、おもしろいな、かなりビックリしたよ」
「ちょっとしたイタズラ。これもさ、大切な友達から教えてもらったんだ」
「そうか」

　温かいイタズラは人を笑顔にする。

　人が笑顔になれば、少しずつ変わっていく。

「父さんもこれからがんばるよ。新しい仕事が決まりそうなんだ」
「そっか、よかった！」
「また母さんも呼んで、3人で食事でもしよう」
「うん、そうだね」

　父さんは笑顔で帰っていった。

　隆平のことを思い出して切なくなるときもある。
　悲しくなるときもある。
　でも俺はひとりじゃないから、がんばれるんだ。
「ただいま母さん。今日、父さんに会ってきたよ。今度は3人で食事に行こうってさ」
「そうね、久しぶりにいいかもね」
　母さんも笑っていた。

　──ブーブーブー。
　その夜、スマホが震え、確認すると梓からのメールだった。

《明日なんだけど……沙良も一緒に行けるって！　隆平のお墓参り、久しぶりに３人で行けるね！》
　ああ、久しぶりに４人がそろう。
　隆平。
　そのときはいっぱい話、聞かせてやるよ。
　バイトの話とか、父さんの話とかいろいろな。

　人っていうのは、状況に応じて簡単に変わるものだ。
　笑顔で暮らしていた両親も、親友だったアイツも、好きだった彼女も。
　クラスで笑って過ごした日々も、来年も一緒に行くぞって交わした約束も。
　全部消えてなくなった。
　だけど、そこから人は、はいあがることができる。
『そんなくだらねぇイタズラはしねぇ』
　誰かの言葉で。
『アイツらふたりも弁当製造者だ』
　誰かの行動で。
　人は変われる。
　そして、変わらない友情を見つけることだってできるんだ。
　梓、沙良ちゃん、隆平、そして俺。
　変わらない。
　この友情はなにがあっても。
　ずっと、俺たちの心を繋いでる……。

【沙良side】

　専門学校に入って3ヶ月がたった。
　専門学校というのは朝から夕方までビッチリ授業があるため、かなり忙しい。
　満くんと梓に頻繁(ひんぱん)に会えないっていうのはイヤな点ではあるんだけど、忙しい生活は私に向いていた。
　だって、さびしさに浸る時間がないから。
　時間があるとね、隆平のこと思い出してずーっと考えちゃうの。
　だから、こうやって時間がない中せかせか動いている生活は、私にはちょうどいい。
　ふとさびしさを感じることもあるんだけどね。
　今は必死に勉強して、夢である看護師さんになれるようにがんばるんだ！
　学校では実技の授業が多いから、みんなでなにかをこなす作業がたくさんある。
　そのおかげで友達もたくさんできて、学校も楽しんでるんだ。
「ちょっと沙良〜！　私のノートにヘンなキャラクター書いたでしょ！　おかげで授業中、噴き出しそうになったんだけど」
「あ、バレた？」
　学校で一番仲のいい友達に言われ、おどけて言ってみせる。

「沙良って、イタズラ好きだよね〜。この間も私にめっちゃすっぱいアメくれるし」

　友達は口をすっぱそうにすぼめて言った。

「へへっ、好きなんだ、イタズラ」

　遠くの空を見ながら笑顔でそう言うと、友達はうん、とだけうなずいた。

　直接話してはいないけど、学校は家から近いからウワサで隆平のことがわかっているんだろう。

「いいと思うよ。この間も加奈弓がすっぱいアメもらって元気になったからって、あのアメのこと〝元気のアメ〟って呼んでたもん」

「元気のアメ……」

　なるほど、たしかにそうかもしれないね。

　イタズラが元気に繋がる。

　やっぱりすごいや、隆平は。

　私はもう一度、空を見あげた。

　ねぇ、隆平。

　隆平のイタズラ、私の周りの人も元気にしてくれてるよ。

　伝えるように微笑むと、空も笑ってくれているような気がした。

　昼休み。

　私は、新鮮な空気を吸うために外に出た。

　教室から離れた体育館裏にある場所は、緑がたくさんあって、空気がよくて私のお気に入りの場所だ。

　そこの芝生に横たわって目をつぶっていると。

「なーにしてんの？」
　私は誰かに話しかけられた。
「祐二(ゆうじ)！」
「またここにいるのかよ」
　祐二はクラスメイトで、実技の授業で同じ班になることが多いから話す機会も多い。
　授業中以外にも、こうやって私のところにやってきて話しかけてくる。
　昼休みに私がこの場所に来ることも知っているから、祐二もときどき一緒に休憩しているんだけど。
「そんなにいい場所かね、ここ」
　そう言いながら彼は私の隣に腰かけた。
「うん、すっごい好きだよ。空気いいし、風……がよく通るから……」
　そう言うと沈黙が流れる。
　それでも私は、その沈黙に耳を澄ませていた。
「まぁたしかに、俺も嫌いじゃないけどな」
「うん」
「…………」
　そしてまた沈黙。
　なんだか今日は祐二の沈黙が多いかもしれない。
　そう思ったとき。
「あのさ、実は……ずっと言おうと思ってたことがあって」
　言葉をつまらせながら視線をそらすと祐二は言った。
「俺、沙良のこと……好きなんだけど」

「え……」
「付き合ってほしい……」
　突然、告白された。
　専門学校に入ってから、告白されたのは初めてだった。
　——ビュン。
　そのとき、強い風が吹いて、並ぶ肩がぶつかり、そこから温かさが伝わる。
　ふたりをくっつけるような風。
　もしかしたら、隆平が応援してくれてるのかもしれないと思った。
　だけど……。
「ごめんなさい」
　私はすぐに答えを出した。
　心の中には隆平がいる。
　それはきっと、いつまでも。
　消えることのない気持ちが心にある。
　隆平はきっと、俺のことは忘れて、幸せになれって言うだろう。
　だって、みんなの笑顔を見るのが好きな人だから。
　けど私……この間ね、気づいたの。
　隆平のことを思っている時間も幸せだなあって。
　人はそれを前に進めてないと言うかもしれない。
　いつまでも引きずっていると言うかもしれない。
　それでも私は、この気持ちとともに生きていく。
　そう決心した。

一瞬足を止めてしまったこともあったけど、今はちゃんと1歩1歩、前に進んでる。
　自分が歩くのをやめない限りは大丈夫。
　力強い目で祐二の告白を断ると、彼は言った。
「そっか……あのさ……実はちょっと聞いちゃったんだ。沙良が前に好きだった人の話……」
「うん」
　ウワサを聞いて、真相を確認してくる人は多かった。
「ごめんな、勝手に聞いて」
「ううん。いいの」
　そのウワサの内容もでたらめとかじゃなくて、全部正しかったから。
「きっとウワサどおりだよ」
　私はそう言った。
「そのネクタイも、もしかして好きなヤツからもらったもの？」
　ああ、これ。
　隆平のネクタイは、いつも制服のポケットに入れている。
「すごい大切に持ってるから……」
「うん、そうだよ」
　ポケットから取り出して握りしめる。
「そっか……俺の入る隙間もねぇな〜」
「ふふっ」
　にっこり微笑んで、祐二が芝生に寝そべるのを見る。
「見てみてぇわ、その人」

そして、そうつぶやくから、私は言った。
「写真あるよ」
「マジで？」
　まさか見せてもらえるとは思わなかったのか、驚いて起きあがる祐二。
　お財布の中に入れてある、満くんと梓と隆平と４人で撮った写真を手渡す。
「まん中にいる人だよ」
「うわぁ～！　マジかよ、普通にイケメンだし、こりゃかなわねぇわな」
「でも結構、変人だよ。イタズラ好きだし、いっつもイタズラグッズ持ってたりしてさ！」
　思い出しながら祐二に話していると、彼は笑った。
「すっげ、楽しそう」
「うん、楽しかったよ」
「ちがくて、お前の顔がな」
　……え？
　聞き返そうと祐二の方を見る。
「ビックリした、沙良こんなに笑うのかって。正直、お前のイメージって、イタズラ好きだけど落ちついてて、大人っぽく笑って……って感じだったけど、この写真に写ってる沙良、幼稚園児みたいに見える」
「ちょっと、なによそれ！」
「ほめてんだよ。幼稚園児みたいに純粋に無邪気に笑ってて、幸せって顔に書いてあんの。本当すげぇって思ったよ、

隆平ってヤツ」
　ふふっ。
　隆平のこと知らない人にまですごいって思われるなんて、隆平ってやっぱりヘンな人だ。
　写真を見ていると、祐二は突然立ちあがる。
　そして、ビシッと私を指さして言った。
「あきらめるよ、沙良のこと……だけど、今できた目標言ってもいい？」
「うん？」
「沙良のこと、この写真みたいに笑わせる」
　えっ……。
「それが俺の目標だ」
　遠くを見つめながら、でも真剣なまなざしでそう言う祐二。
「やっぱさ、お前には笑っててもらいてぇからさ」
　笑っていてほしい。
　うん、きっとそうだよね。
　隆平も私にそれを望んでいるはずだ。
　めいっぱい笑っていよう。
「うん！」
　そう決心して、私は笑顔でうなずいた。

　好きな人、大切な人が笑っていると、自分までうれしくなる。
　大切な人には、いつまでも笑っていてほしいと思う。
　笑顔は幸せ。

イタズラは……私にとって、笑顔の素を作るもの……。

「わー、だいぶ長く話してたな〜」
「みんなひとりずつ報告したもんね」
　満くんの言葉に梓が答える。
　お墓の前で3人でひととおり話した。
「隆平、飽きてないかな？」
「イタズラ仕掛けようかな、とか考えてたりしてな」
「それ、ありえる！」
　みんなが持ってきたものをすべてお墓に置くと、なんだかハデになってしまった。
「目立つな」
「いいじゃない？　目立つの好きだし」
「それもそうか」
「また来るね、隆平」
　私はもう一度お墓の前に立ち、そう伝えてから、うしろを振り返る。
　すると……。
　——ビュン!!
　ものすごく強い風が吹き、木の葉がヒラヒラと私の手の中に落ちてきた。
「あー！」
　手の中に入ってきた葉っぱを見て思う。
"ああ、待ってるな"
　隆平がそう言っている。

ネクタイにこめた想い

【隆平side】

　人間っつーのは、ちょっとしたきっかけで誰かの心に温かさを作り出すことができる。
　ちょっとしたこと、ちょっとした言葉、ちょっとした行動。
　そのすべてが人を変えることができるんだ。
　俺はその、ちょっとしたきっかけにイタズラを選ぶことにした。

『きゃあ、ちょっと隆平！　また私の机にヘンなイタズラ仕掛けたでしょ！』
『あ、バレた〜？』
　友達とケンカして泣いていた女子の机の中に、しゃべるぬいぐるみを入れておいたら、もういっつもそういうことするんだからって怒りながらも笑顔になった。
『おい、隆平、お前……俺にくれたアメ、超すっぱいやつじゃんか』
『あれ？　そうだったか？』
『ワザとだろ〜』
　大好きだった彼女にフラれちまったって落ちこんでいるダチにすっぱいアメをやったら、お前がそんなことするな

んて怪しいと思ったんだよなって言いながら、うつむいてた顔を上げた。
　人を笑顔にするイタズラを仕掛けるのが好きだ。
　だって、その笑顔を見られたら、おのずと自分まで元気になれるから。
　それが最初にわかったのは、俺の家族がどん底にいるときだった。
　そう、あれは俺が小学校高学年にあがる頃の話。

　もともと仕事が忙しくて帰ってくるのが遅かった父さんと、いつも気を使っているように見えた母さん。
　俺が小学5年生になると、だんだん両親のケンカが増えたように感じた。
　気づけば1ヶ月に1回行っていた旅行はなくなり、テレビを見て一緒に笑いあう時間もなくなっていた。
　どうしてだろう。
　俺は小さいなりに考えたけれど、理由はまったくわからなかった。
　とにかく、両親ふたりが仲よくなるように俺は必死で話しかけた。
『みんなで一緒にトランプやろうぜ』
　3人でやる遊びを提案してみたり。
『ご飯食べに行きてぇな』
　ってふたりの前でつぶやいたりして、3人でいる時間を作ろうとがんばった。

初めはふたりとも俺の言葉に応えてくれて、会話は少ないながらもトランプをしたり、外食に行ったりしてくれていた。
　けれど両親の言い合いはさらに増え、気づいたときにはもう、お互いまったく口をきかなくなっていた。
『なぁ、旅行、行かねぇの……？』
『ああ、今はちょっとな』
　父さんに聞いても返事はそっけない。
『テレビ見ねぇの？』
『いいわよ、見てて』
　母さんに聞いても、3人で一緒にすることは遠回しに拒否された。
　3人でいる時間がなくなった代わりに増えたのは。
『だから、そうだってさんざん言ったじゃない』
『お前は、なにもわかってないんだよ！』
　俺がベッドの中にいるときに聞こえるケンカの声だった。

　そして俺が中学1年生になったとき。
　ついに両親は離婚した。
　ふたりとも俺にごめんねって言いながら、すごくつらそうな顔をして離れていった。
　俺は母さんの方につくことになり、家もそのまま、この場所で暮らすことになった。
　ふたりが離婚したことはものすごく悲しかったけど、そ

れよりも、もっと悲しいことがあった。
　それは、離婚してからずっと母さんの元気がないことだった。
　いつも笑っていた母さんの笑顔が消え、「ごめんね、ごめんね」と何度も俺に謝っては、俺の頭を悲しそうになでる。
　夜トイレに行こうと起きたとき、静かに泣いているところまで見てしまった。
　……どうすれば、元気になってくれるんだろう。
　昔みたいな明るい母さんに。
　学校でそれを考えていると、周りの友達とも遊ぶ気になれず、俺は自然と周りから距離を置かれるようになった。

　そんなことが1ヶ月くらい続いたとき、担任の渡辺先生が俺に話しかけてきた。
『おー隆平、ちょっと見てほしいものがあるんだが……』
『なんすか？』
　突然ニヤリと笑いながら話しかけてきて、なんだろうと疑問に思っていると。
『痛い、いたたたた』
　先生はぐっと指を押さえ、うずくまった。
『どうかしたんで……』
　そう聞こうと思ったら、渡辺先生は俺に親指をパッと見せる。
『わあ、指がこんなに腫れあがってしまった！』

そして、パンパンに腫れあがった親指を俺に見せてきた。
『わ、なんすかこれ！』
『ああ、これはな、ニセモノの指なんだ。取り外しもできるぞ』
　パカッと指の形をしたものを親指から取り外すと、先生はどうだって笑って見せた。
『ぶ……っ、やばい、おもしれぇ』
　正直あまり驚いたりもしてないし、笑うほどでもなかったのに、なんだか笑いがこみあげてきて、止まらなくなった。
『ぷっはは、なんかワザとらしくて……』
『そ、そうか？　先生の渾身のイタズラだったんだが……』
『よかったっす、本当、最高でした』
　笑いすぎて出た涙を拭きながら先生を見ると、渡辺先生は優しい顔をして言った。
『シワ……なくなったな』
『へっ？』
『眉間のシワ、なくなった』
　そっか。
　指摘されて初めて気がついた。
　ずっと考えこんでいたから、眉間にシワが寄っていたんだ。
　思いつめて、ずっとひとりで考えこんで。
　誰とも話さないで、すげぇ顔してたんだろうな。
　けれど、今笑ったことで、なんだか体まで楽になったよ

うな気がした。
『お前は笑ってると本当、無邪気な顔をするよな。その顔の方がいいぞ』
『……はい』
　照れくさくて、顔をそむけながら答えると先生は笑う。
　……ふと、心が温かくなっていくのを感じた。
　イタズラされて、なんだか笑みがこぼれて、こんなにも元気になる。
　体がポカポカして、イヤなものが解かれていく気分だった。
　イタズラって、こういう力があるのか……。
　すると先生は『隆平、これあげるよ』と言いながら、俺に腫れた親指のおもちゃを渡してきた。
『いらねぇし』って正直、思ったけど……。
　ぎゅっとその親指を握りしめて考えてみる。
　母さん、これ見たら笑ってくれっかな？
　元気出してくれっかな？
　やってみよう……。

　俺はその日、家に帰るとすぐに母さんにやってみることにした。
『ただいま。母さん、ちょっとこれ見てくれよ』
　疲れた顔をして料理を作っている母さんにそう言って、先生がやっていたようにマネをする。
『いたたたた』

母さんの視線がこっちに向かうと、俺は急に痛いと言いながらうずくまった。
　よしよし、これで先生がやってたとおりだな。
『ちょっと隆平？　急にどうしたのよ』
　心配して近寄ってきた母さん。
　かかった！
『痛すぎて指が腫れあがっちまった～』
　腫れた親指を見せると、母さんは驚いた顔をした。
『隆平、この手どうし……』
　しかし、すぐにこれがニセモノだと気づいた母さんは、いきなり笑いだした。
『ふっ、ははははは』
　声を出して笑う。
　その母さんは、昔の明るい母さんだった。
『もう、やだ、ビックリしたじゃない』
『今日、担任にやられてさ～。母さんにもやってやろうと思って』
　ニコッと笑って言えば、母さんはうっすら目に涙を浮かべた。
　それはたぶん、俺と同じ涙じゃないだろう。
『笑いすぎて泣いたの？』
　だけど俺はわからないフリをして、そう母さんに聞いた。
『そう、笑いすぎて泣いちゃった』
　鼻をすすりながら、優しい顔をする母さん。
『なんだか隆平には助けてもらってばっかりね。しっかり

しなきゃって思うのに、気分がどんどん落ちこんで……。
そんなんじゃ、隆平だって気分が暗くなっちゃうわよね。
本当ごめんね……母さん、もっと元気にならないとね』
　少し切ない顔をして俺を見つめる母さんに、俺はまた、親指のおもちゃを見せて言った。
『俺はさ、今決めたんだ！　母さんが落ちこんでたら俺がイタズラで励ますって。だから、そんなに気負わなくていいよ』
『隆平……』
『その代わり、ヘンなイタズラに引っかからないように気をつけた方がいいよ』
『あら、それは大変』
　ふたりで顔を見合わせて笑う。
　ああ、うん、そうだ。
　イタズラって温かいものだ。
　そう感じた日から、俺はいろんな人にイタズラを仕掛けるようになった。

　懐かしいな……。
　こんなこともあったっけ
　病室でひとり、窓を見つめながら考える。
　その日から母さんは元気になって、よく笑うようになった。
　ふたりでいろんな場所に出かけたりとかもするようになって……。

今また俺が病気になって、母さん悲しんでるかな。
　　そしたらあれだな、また新しいイタズラ考えとかなきゃダメだな。
　　思い返せば、中学の頃はクラスのダチとか先生にイタズラ仕掛けたりして楽しんでたな。
　　中学最後のイタズラはなんだったっけ？
　　すると、花びらがヒラヒラと風にのって飛んでいくのが見えた。
　　ああ、そっか。
　　中学最後のイタズラはあれだ。
　　そう……あの日も、こんな風が吹いていた。
　　高校１年になる前の４月１日。
　　唯一ウソが許される日は、俺が勝手にイタズラが許される日に変えた。
　　初めて、知らない人をターゲットにしてイタズラすることを決めたんだよな。

　　さーて、誰にイタズラしてやろうか。
　　そう思って桜の木の下でキョロキョロしていると、俺の前をひとりの女の子がスッと通りすぎた。
　　同い年くらいの子で、パッとキレイなうなじが目に入り、うしろ姿に見とれた。
『よし、これも運だな』
　　俺はその子をターゲットにすることに決めた。
　　……話しかけに行こう。

ワクワクしながら、その子の前に行くと。
『なぁ、俺さっき宇宙人に会ったんだけど』
　名のりもせず、突然話しかけてヘンなことを言った。
『え？』
　ビックリした顔をする女の子。
　そうそう、その顔が見たかった。
　ニコッと笑い、咲きたての桜が俺たちの間を通りぬけ、桜が落ちるとき。
『ウソだよーん』
　俺はそう言って逃げた。

　今思えば、それが沙良だったんだから、出会ったのは運命みたいなもんだよな。
　偶然イタズラを仕掛けた人と同じクラスになり、仲よくなり……好き、になる。
　それって、どれくらいの確率なんだろう。
「塚越さん、治療しますよ」
　看護師の言葉に俺はうなずく。
　病室にいて、自分ひとりの力じゃ動けなくなって……。
　この運命は結果、残酷だった。
　それでも、なければよかったなんて思ってねぇよ。
　運命が導いてくれた。
　それならそれで大感謝だ。
　複雑な管に体を繋がれながらも、しっかりとそう思える。
　だってな、俺にもわかったから。

温かい気持ち、人を好きになる気持ちを感じることができたから。
　それって、最高の人生だと思うんだ。
『だってさ、こんなジンクスが学校にあるなんて幸せじゃんか。お気に入りのネクタイを好きな人と交換して両想いになれる。本当に素敵だなぁって思うよ！』
　一生懸命、学校のジンクスの話をする彼女を不覚にもかわいいと思ったのは、そう、２年になったばかりの頃だった。
　その頃はまだ知らなかった。
　人を好きになる気持ちを。

『好きなの……‼』
　沙良に告白された日。
　すぐに告白の返事をしなかった。
　それは返事に迷ってるからとか、断りづらいからとか、そういうのではない。
　俺も好きだ。
　答えが決まっていたから、コイツをどうやって喜ばせてやろうかなっていう俺のイタズラ心だ。
"お気に入りのネクタイを好きな人と交換すると両想いになれる"
　そんなジンクスを、沙良は信じてたから。
　告白の返事は、とっておきのイタズラに託してみよう。
　そしたらアイツ、すげぇ喜ぶんじゃねーかな。

俺は、お前がお気に入りだと言っていたネクタイに気持ちをこめよう。
　早く気づけばいいと思うけど、早すぎたら早すぎたでつまんねぇなって笑う。
　アイツ、気づくかな。
　これ見たら喜ぶかな？
　俺はニヤリと笑って、その日の返事を後回しにした。
　気づいたときの反応がすっげー楽しみだ。
　きっとうれしそうな顔して、でも顔まっ赤にして言うんだぜ？
　隆平、ジンクスのことバカにしてたくせにって。
　そりゃあ、今でもそんなにいいものか？って思ってるけどな。
　お前の喜ぶ顔が見られるなら、こんなこともやってやるって思うんだ。
『塚越隆平っていう人に今、会いたい』
　沙良に言われた言葉は、俺の中でいつも特別で。
『ありがとうって、すっごく言いたくなったの……』
　気づいたら沙良が特別な存在となっていて、沙良のひと言、ひと言で俺がうれしくなっていく。
　単純だけど、それがすごく、いいなって思った。
　付き合いたいとかそういうのは、考えてなかったけど。
『まさか、アイツから告白されるなんてな』
　俺はその日、ニヤついた顔を隠すのが大変だった。

そして、それからしばらくたった日。
　俺は頭の中で考えていた計画を実行しようと、沙良にあることを持ちかけた。
『なぁ、暇だしゲームしようぜ』
『いいけど……ゲームならふたりも呼んでくる？』
　遊ぶなら満と梓も、とふたりを呼ぼうとする沙良に、俺はストップをかけた。
『あーいいよ、ふたりでやるゲームだし』
　だって俺の目的はゲームじゃない。
　沙良に目をつぶらせることだから。
『どっちの手〜に入ってる？』
　手をうしろにやり、なにかを持ってるフリをして両手をグーにする。
『う〜ん、迷うな……』
　必死で考える沙良。
『ちなみに、沙良が負けたら俺の言うこと１個聞くのな』
『こっち』
『ぶっぶーハズレ！　罰ゲーム‼』
　右をさした沙良に手を開いて見せるけど、実は両方ともなにも入ってない。
『目つぶって』
　そんなことに気づいていない沙良は、俺の言うことを素直に聞いて目をつぶった。
　だましてごめんな？
　だってさ、目つぶってもらわねぇと、計画が実行できねぇ

からさ。
　しっかり沙良が目をつぶったのを確認すると、俺はそっと沙良のネクタイの裏に文字を書いた。
"塚越隆平、予約"
　ふっ。
　文字を見てニヤリと笑う。
　これでもう俺のもの、なんて。
　そんなはずかしいことを心の中で言うと、俺はネクタイに書いたことがバレないように、沙良の手に『バーカ』とらくがきをした。
　あとは沙良が早く気づけばいいけど、アイツ鈍感だから。
　たぶん、しばらく気づかないだろうな。
　1個上の先輩の卒業式のとき、俺の気持ちを沙良に伝えて、俺たちが卒業するときにネクタイを交換する。
　そのために書いた"予約"という文字。
　これがアイツにとって、最高のイタズラになりますように。
　だんだんと増してくる"好き"の想いをネクタイにこめて。
　お前が言ってたように、卒業式に交換してやるよ。

　そうやってカッコつけたけど……。
　——ピッ、ピッ、ピッ。
　病気になり、結局沙良や満、梓を悲しませる形になっちまったな……。

すぐ隣で聞こえる規則的な機械音。

病気だとわかってから、沙良には友達でいたいと告白を断ったけれど、ネクタイの裏に書いたイタズラは残ってしまった。

書かなきゃよかったと思うときもあった。

なんで告白される前に気づかなかったんだって、悩んだときもある。

それでも、やっぱり。

「気持ちを……」

俺の……沙良を好きだという気持ちを、ウソのままにしておきたくなかった。

言葉にはできなくてもいい。

堂々と言えなくてもいい。

気づかないで終わってしまってもいい。

それでも……。

"塚越隆平、予約"

この文字が俺のすべてだから。

卒業式の日に、お前とネクタイ交換できなくなっちまったけど。

それでも俺は、お前が好きだ。

好きって言われてさ、本当はうれしかったのに、そんなふうに見られないって返事してごめんな。

病気になって、お前に心配かけちまってごめんな。

何度もお前を泣かせてごめん。

そばにいられなくて……ごめん……っ。

好きだって言葉にすることも、お前を幸せにしてやることもできないけれど……。
「沙良のこと、本当に好きだったぞ……」
　俺はひとりの病室でネクタイを握りしめながら泣いた。
　好きなヤツ、大事なヤツのそばでいつでも笑っていたいけど、俺には限界があるってわかっているから。
　最後にひとつだけ。
　この気持ちを託したい。
「……これだけ、お前に託してもいいか？」
　病室で満だけに残ってもらって俺のネクタイを託す。
　俺に残された時間はあとわずか。
　卒業式の日に交換することはきっとできないだろう。
　だから……。
「もしもアイツが気づいたら、渡してほしい。気づかなかったら捨てていい」
　これが俺の最後のイタズラになる。
　気づくかな、気づかないかな。
　ドキドキしながら天国で待っているのもいいかもしれない。
　なぁ、でもさ……。
　もしお前がこれに気づいたら、笑ってくれるか？
　いや、それとも、もう遅いよって怒るかな？
　いいな、どっちも。
　どっちでも、コイツが俺の代わりに見届けてくれるだろう。

たとえ、俺がいなくても。
　そばにいられなかったとしても。
　お前には幸せになってもらいたい。
　好きだった。
　大好きな気持ちをこめて、俺はそろそろ旅立ちます。
　俺がいなくなっても、ちゃんと笑えよ？
　……お前の笑顔が好きだから。
　部屋にこもって泣いたりすんなよ？
　……お前の泣き顔を見るのは、幸せなときか、笑いすぎたときだけがいいからな。
　いつもどおり、元気なお前でいろよ？
　……そのままのお前が大好きだから。
　沙良がいつまでも笑っていられますように。
　俺はぎゅっとネクタイを握りしめ、すべての想いをこめたネクタイを満に託した。

　もし、お前が気づいたらさ、また……イタズラしてやるよ。
　空の上から強い風を吹かせて、めいっぱいアピールしてやる。
　俺はここにいるんだぞって。
　俺はいつまでもお前たちのそばにいるんだぞってな。

　誰かにイタズラを仕掛けるのが大好きだ。
　それで周りが楽しくなればもっといい。

イタズラで周りを幸せにできるなら……。

──ビュン。
『本当にイタズラ好きなんだから……っ』

俺はいつだって、イタズラを仕掛ける。

―END―

あとがき

こんにちは。cheeery（チェーリィ）です。

この度はたくさんの書籍の中から『新装版 キミのイタズラに涙する。』を手にとって下さってありがとうございます。

この作品を読んで、なにか感じていただけたでしょうか？

この作品は、2015年に第9回日本ケータイ小説大賞の優秀賞とTSUTAYAをいただきました。

もう、3年も前のことですが、今でもその時の嬉しさがよみがえって来ます。

沙良や隆平、満に梓。この4人を書いている時間がとても楽しく、もう書けないんだなと思うととても寂しかったです。

だからこそ、今回新装版という形にしていただき、もう一度この4人と関わることが出来たこと、とても嬉しく思います。

私の中でもこの作品は特別で、脇役という形を作らず4人ともしっかりと書かせていただきました。

登場人物みんなが、自分じゃない誰かのことを思っている。
　そんな関係がとても素敵で、自分の作品ながらすごくいい作品が生み出せたと自負しています（笑）。

　また今回、楽曲コラボレーションとしてhalcaさんにキミのイタズラに涙する。のイメージソング「キミの空」を歌っていただきました。
　こちらは私も少し作詞に携わらせて頂きました。
　沙良の気持ちを表現したものになっていますので、こちらもぜひ聞いてみてください。
　halcaさんの透き通るような声が心に響いて涙が出てきます。

　そして最後になりましたが、私の作品を読んで下さった読者の皆様、担当の相川さん、八角さんをはじめ、この本に携わって下さったスターツ出版の皆さん。ありがとうございました。

　この作品をもう一度、書籍にして頂けたのは、作品を読んで下さった皆様がいたからです。
　本当に、本当にありがとうございました。

2018年10月　cheeery

この物語はフィクションです。
実在の人物、団体等とは一切関係がありません。

cheeery先生への
ファンレターのあて先

〒104-0031
東京都中央区京橋1-3-1
八重洲口大栄ビル7F

スターツ出版（株）書籍編集部 気付

cheeery先生

新装版　キミのイタズラに涙する。

2018年10月25日　初版第1刷発行

著　者	cheeery ©cheeery 2018
発行人	松島滋
デザイン	カバー　平林亜紀（micro fish） フォーマット　黒門ビリー&フラミンゴスタジオ
ＤＴＰ	久保田祐子
編　集	相川有希子 八角明香
発行所	スターツ出版株式会社 〒104-0031 東京都中央区京橋1-3-1　八重洲口大栄ビル7F ＴＥＬ 販売部03-6202-0386（ご注文等に関するお問い合わせ） https://starts-pub.jp/
印刷所	共同印刷株式会社 Printed in Japan

乱丁・落丁などの不良品はお取替えいたします。上記販売部までお問い合わせください。
本書を無断で複写することは、著作権法により禁じられています。
定価はカバーに記載されています。

ISBN 978-4-8137-0553-6　C0193

ケータイ小説文庫　2018年10月発売

『無気力王子とじれ甘同居。』雨乃めこ・著

高2の祐実はひとり暮らし中。ある日突然、大家さんの手違いで、授業中居眠りばかりだけど学年一イケメンな無気力男子・松下くんと同居することになってしまう。マイペースな彼に振り回される祐実だけど、勝手に添い寝をして甘えてきたり、普段とは違う一面を見せる彼に惹かれていって…？
ISBN978-4-8137-0550-5
定価：本体590円＋税

ピンクレーベル

『俺の愛も絆も、全部お前にくれてやる。』晴虹・著

全国でNo.1の不良少女、通称"黄金の桜"である泉は、ある理由から男装して中学に入学する。そこは不良の集まる学校で、涼をはじめとする仲間に出会い、タイマンや新入生VS在校生の"戦争"を通して仲良くなる。涼の優しさに泉は惹かれはじめるものの、泉は自分を偽り続けていて…？
ISBN978-4-8137-0551-2
定価：本体590円＋税

ピンクレーベル

『月明かりの下、君に溺れ恋に落ちた。』nako.・著

家族に先立たれた孤独な少女の朝日はある日、家の前で見知らぬ男が血だらけで倒れているのを発見する。戸惑う朝日だったが、看病することに。男は零と名乗り、何者かに追われているようだった。零もまた朝日と同じく孤独を抱えており、ふたりは寂しさを埋めるように一夜を共にして…？
ISBN978-4-8137-0552-9
定価：本体590円＋税

ブルーレーベル

『復讐日記』西羽咲花月・著

17歳の彩愛は、高校中退の原因を作った元彼の剛を死ぬほど恨んでいた。ある日、親友の花音から恨んでいる人に復讐できるという日記帳を手渡される。半信半疑で日記を書きはじめる彩愛。すると、彩愛のまわりで事件が起こりはじめ、彩愛は取り憑かれたように日記へとハマっていくのだった…。
ISBN978-4-8137-0556-7
定価：本体570円＋税

ブラックレーベル

書店店頭にご希望の本がない場合は、
書店にてご注文いただけます。